KB261586

비는 묻어는
숨기지 않는다

지은이_ **베로니크 올미** Véronique Olmi

프랑스 니스에서 태어났다. 올미는 유명한 희곡작가로, 프랑스와 유럽의 유수한 연출가들이 그녀의 작품을 무대에 올렸으며, 수많은 상을 받았다. 특히 1998년 자크 라살이 연출하여 아비뇽 페스티발에 출품한 〈서 있는 혼돈 Chaos debout〉으로 크게 두각을 나타냈고, 비외 콜롱비에 극장에서 필리프 아드리앵 연출로 공연된 〈선 위에 찍힌 점 Point à la ligne〉도 관객의 큰 사랑을 받았다. 2002년 〈외관의 정원 Le jardin des Apparences〉으로 뛰어난 희곡작가에게 수여되는 '몰리에르 상' 후보에 올랐다.

장 미셸 리브가 운영하는 롱 푸앵 극장의 낭독회를 3년 동안 이끌었으며, 2001년에 첫 소설 《바닷가 Bord de Mer》를 발표했다. 이 작품은 많은 상을 수상했으며, 영화와 연극으로 만들어지고 12개 언어로 번역되었다. 이어서 발표한 소설들 《넘버 6 Numero Six》, 《너무나 아름다운 미래 Un si bel avenir》, 《사사로운 Privée》, 《성냥팔이 소녀 La Petite fille aux allumettes》 등은 모두 비평가들의 찬사를 받으며 세계 여러 나라에 소개되었다.

그녀는 현재 파리에 살고 있다.

옮긴이_ **최정수**

연세대학교 불어불문학과와 동대학원 졸업. 파울로 코엘료의 《연금술사》, 《오, 자히르》, 아니 에르노의 《단순한 열정》, 장 자크 상페의 《꼬마 니콜라의 쉬는 시간》을 비롯, 많은 작품을 번역했다.

비밀도 많은 숨기지 않는다

베로니크 올미 지음 | 최정수 옮김

Human & Books

LA PLUIE NE CHANGE RIEN AU DÉSIR

by Véronique Olmi

비는 욕망을
숨기지 않는다

베로니크 올미 지음
최정수 옮김

1판 1쇄 인쇄 | 2006. 5. 22
1판 1쇄 발행 | 2006. 5. 29

발행처 | Human & Books
발행인 | 하응백
출판등록 | 2002년 6월 5일 제2002-113호

서울특별시 종로구 경운동 88 수운회관 1009호
마케팅부 02-6327-3537, 편집부 02-6327-3535, 팩시밀리 02-6327-5353
이메일 | hbooks@empal.com

값은 뒤표지에 있습니다.

ISBN 89-90287-88-X   03860

그리고 내 욕망은 심연의 신비 가장자리에 있는

바싹 마른 시간의 길 위로 미끄러졌다.

—피에르 르베르디

그는 약속 장소에 왔다. 8월 18일 생 쉴피스 광장. 폭풍이 치는 하늘 아래 생 쉴피스 광장. 13시. 그는 그녀가 온 후에 도착했다. 다리를 절면서. 그를 보자마자 그녀의 눈에 들어온 건 바로 그것이었다. 올곧은 남자. 강한 남자. 파란 셔츠에 하얀 바지를 입은.

다리를 절고 있는.

그리고 그 사실을 감출 수 없는.

그들은 지난 오 년간 서로 보지 못했다. 그것이 그녀가 믿고 있는 바였다. 하지만 그는 기억을 떠올렸다. 그들이 마주쳤던 모든 순간들을. 그때 그들은 함께 이야기를 나눴다. 짧은 만남들. 저녁나절들. 서로의 친구들과 신중한 웅

성거림. 하지만 그녀는 아무것도 기억하고 있지 못했다. 그에 대해서. 그녀는 그가 거짓말을 하고 있다고 생각했다. 그가 그 만남들을 상상 속에서 만들어낸 거라고. 그저 장난으로. 일치 혹은 우연을 통해 그녀가 미소짓게 하기 위해. 그러자 그가 그녀에게 말했다. 확실해. 그 장소들. 함께 있던 사람들의 이름. 그들과 나눴던 이야기들. 하지만 그녀는 그것들 또한 기억하지 못했다. 그러자 그가 그녀에게 말했다. 그때 그녀가 입고 있던 옷 색깔을. 옷 색깔은 정확했다. 그리고 그녀가 입고 있던 옷의 깃 모양도. 그녀가 매고 있던 보라색 비단 허리띠도. 장식으로 박아넣은 진주도. 모든 것이 정확했다.

그녀는 시선을 흩뜨리지 않은 채 담배에 불을 붙였다. 몰래 바라보는 시선. 의혹과 호기심 사이를 오가는.

이렇게, 오 년 만에, 그는 그녀를 보고 있다. 그녀. 그에게 몸을 스치지 않고 옆에서 걷고 있는. 그가 변했다고, 늙었다고, 쾌활하다고, 피곤하다고, 혹은 즐겁다고 절대로 생각하지 않는. 그 어떤 특징도 찾아내려 하지 않는 그녀. 그리고 지금, 카페 드 라 메리 2층 그의 앞자리에 앉아 있는 그녀. 그녀는 왜 자기 안에 아무것도 남아 있지 않은지, 왜 아무것도 그녀의 피부 밑을, 그녀의 기억 속을 미끄러져 가지 않는지 스스로에게 묻는다…… 그녀는 묻는다…… 하지만 그녀에겐 그 이유를 찾아낼 능력이, 어제를 오늘에 결부시킬 여력이 없다. 한편 남자는 그녀에게서 뭔가를 발견해내지 않을 수 없다. 그녀가 굉장히 야위었다고 말하지 않을 수 없다. 그녀는 그런 말에 익숙해 있다. 몇 달 전부터 사람들은 그녀를 만나면 걱정스러운 표정으로 그녀를 살피면서 그런 말을 했다. 매우 조심성 없는 태도로. 그렇다. 그녀는 야위었다. 그것도 아주 많이. 내 키가 170센티미터인데 4개월 만에 12킬로그램이 줄었어요. 많이 줄었죠. 숫자, 그건 단순하죠. 그건 아주 솔직해요. 그가 듣고 싶어하는 말은 아니었다. 하지만 그가 다른 말을 들을 수 있는 방법은 아무것도 없었다. 그래서 뭐가 어쨌다는 것인가? 희미한 사항들을 마주한 채 가장 분주한 시간에 카페 안에 앉아 있는 것으로 충분할 터였다. 그렇게, 하나의 삶을 고백하기 위해. 그들은 그날의 요리를 주문할 수도 있을 터였다. 스테이크를 굽는 정도를 생각한 뒤, 그러니까 시간이 얼마나 흘렀는지 손가락을 꼽아가며

셈을 해본다…… 나무 테이블 위에 놓여 있던 그녀의 손가락이 제대로 자리를 잡지 못하고 있다…… 그러니까 지금으로부터…… 6개월…… 세상에! 벌써 6개월이나 되었다…… 그 시간 동안 그녀의 침대에 아무도 들지 않았단 말인가? 아, 웨이터를 불러야지. 이제 마음에 드는 메뉴를 정했으니까. 물은 보통으로 아니면 탄산수로? 그리고 희미한 사항들에 대한 답변을 해본다…… 뭐라고요? 내 남편? 아, 그렇다. 확실히…… 이 사람은 내 남편이다.

아무것도. 그녀는 아무것도 말하고 싶은 생각이 없었다. 다만 그들이 지금 서로 마주 보고 앉아 있다는 것만 이해되었다. 구운 쇠고기와 맛없는 보르도 포도주 그리고 바두아(프랑스에서 대중적으로 많이 팔리는 탄산수의 상표명—옮긴이) 반병을 앞에 둔 채. 그녀는 적절한 화젯거리와 유쾌한 인사말을 찾으며 시간을 낭비하고 싶지 않았다.

다리를 절뚝거리며 약속장소에 나온 이 남자에게는 적절해 보이는 데라곤 전혀 없었다.
그녀는 불현듯 그것을 알아차렸다.

그는 적절한 사람이 아니다.

그는 유쾌한 사람이 아니다.

그는 그녀 앞에 앉아 있다.

그리고 그녀는 그에게 물었다. 다리가 많이 불편하지 않다면 뤽상부르 공원까지 좀 걸을 수 있겠느냐고. 지금. 어쨌든 간에 그녀는 식사를 하지 않을 터였다. 점심 식사를 하는 습관을 잃어버린 지 오래이므로. 하지만 그는, 아마도, 배가 고프지 않을까? 다리가 아프지 않을까?

그는 좋다고 대답했다.

그는 그렇게 말했다. 좋다고. 머리를 조금 뒤로 젖히면서. 그렇잖아도 동그란 눈과 입을 동시에 동그랗게 만들면서. 매우 곧고 가지런한 그의 머리칼이 뺨 위로 흘러내렸다.

그는 좋다고 말했다.

일은 그렇게 시작되었다.

I

생 쉴피스 광장에서 그는 한 번 더 그녀를 바라보았고, 그녀에게 조금 창백해 보인다고 말했다. 그녀는 걸음을 멈추었다. 그녀에 대해 그토록 확신하는 그를 정면으로 똑바로 바라보면서 그의 말이 틀렸다고 말하기 위해. 그녀는 창백하지 않았다. 그녀의 피부색은 원래 이렇고, 그녀가 대부분의 파리 사람들처럼 8월 15일 전에 바캉스를 다녀오지 않았기 때문에 더욱 그래 보이는 것뿐이다. 그녀가 다녀온 곳은 어디냐 하면, 그녀는 말하지 않을 것이다. 그에게도. 다른 누구에게도. 값싼 호기심 나부랭이는 사절이다. 동정심의 발로이든 놀라서 그렇든. 특히 그가 지금 그녀에게 말하고 있는 것과 같은 부드러운 태도는 절대 사절이다…… 혹시 그녀가 발걸음을 늦추리라는 희망에서 그런 것일까? 그는 다리가 아프지 않은 듯 행동했다. 그렇다면 그는 고백하기 힘든 부끄러운 통증, 아마도 통풍이나 관절염 같은 것을 앓고 있는 걸까? 그녀는 다시 발걸음을 옮겼다. 걸음을 멈추기 전보다 조금 더 빠르게. 그녀가 창백하지 않다는 것을 그에게 수긍시키기 위해 좀더 빠르고 화가 난 듯한 태도로. 왜냐하면 그녀는 화장을 했고 그녀의 얼굴에서 빠져나간 피가, 그 피가 그녀의 몸속을 천천히 흐르고 있을 터이므로…… 피…… 피의 부재…… 뭔지 모를 피곤함…… 그녀는 생각했다…… 이런 모욕이 어디 있담…… 그는 그녀가 창백하고 야위었다고 생각하나? 단지 그뿐인가? 창백하고 야위었다고?

그녀의 상태가 바로 그랬다. 또한 그녀는 몸에 비해 너무 커서 헐렁헐렁한 옷을 입고 있었다. 그가 색깔을 기억하고 있는 바로 그 옷을. 그녀가 옷장에 가지고 있는 옷들은 모두 너무 커서 헐렁헐렁했고, 더 이상 어떤 남자도 그녀의 옷장에 셔츠나 재킷을 걸지 않았다.

그녀는 그의 발걸음에 보조를 맞췄다.

그리고 그들은 침묵 속을 걸었다.

보나파르트 가街는 업무용 차량들로 막혀 있었고, 그들은 사람이 없는 인도 한가운데를 걸었다. 아직 14시가 안 되었고 노동자들은 조금 멀리 떨어진 '라 프로퀴르' 식당 앞 보도 위에 서서 점심을 먹고 있었다.

두 사람은 마치 데모라도 시작하는 사람들처럼 도로 한가운데를 걸었다. 그러나 그들은 팔짱을 끼지는 않았다. 어떤 행진도 하지 않았다.

뤽상부르 공원을 향해 걸어가기 시작하자 그들은 마음이 점점 가벼워졌다. 그 많은 사람들. 그 많은 소음들. 밤낮으로 아이고, 창백해지고, 설망을 향해 천천히 흘러들어갔던.

그들은 마음이 가벼워졌다.

그는 다리를 절지 않으려고 애썼고, 그녀는 몸을 꼿꼿이 세운 채 구둣굽을 바로 하고 똑바로 걷는 것으로 자존심을 유지하고 청춘 시절의 육체를 확인하려 했다.

그때 비가 내리기 시작했다. 8월의 파리에 갑자기 비가 내리는 일은 흔하니까. 수문이 열리고, 모호했던 것의 물꼬가 급작스럽게 터져버렸다. 비가 오기 시작했고, 그들은 발걸음을 빨리 하는 대신, 그들 주변의 몇몇 행인들처럼 허리를 굽히고 허둥대면서 뛰는 대신, 발걸음을 늦추고 처음으로 서로를 바라보며 웃었다. 청년기의 당당함이 어린, 말없는 일치감 속에서.

그녀는 머리칼 속에 고였던 빗물이 뺨을 타고 흘러내리는 것을 느꼈다(얼굴에 화장을 했다는 데 생각이 미쳤다. 뺨과 목덜미에). 그녀의 목에 걸린 진주와 십자가. 지나치게 하얀 그녀의 가슴팍. 그는 곤란한 듯 짧게 부드러운 시선을 던졌다. 이 부조화에 조금 당황한 듯. 그녀의 육체는 너무나 젊은데 그녀 자신은 너무 피곤해 보였던 것이다. 조상 전래의 피곤함. 그는 잠시 생각했다. 비가 그녀의 뼈를 부서뜨리지는 않을까. 그녀의 가느다란 발목이 높은 구둣굽 위에서 위태롭게 흔들리고 있었다. 도로에 물이 흐르고 있었기 때문이다. 그들은 강을 거슬러 올라가는 사람처럼 다시 길을 거슬러 올라갔다.

그는 여성에 대한 친절함과 배려심을 발휘하여 그녀에게 팔을 내밀고 공원까지 걸어가는 것을 도와야 했다. 그러나 그들은 이미 공원으로 가고 있었다. 비는 그 욕망의 아무것두 바꾸지 않았다. 물론 그들은 어느 처마 아래로 피신할 수도 있었으리라. 카페 드 라 메리로 돌아갈 수도 있었으리라. 생 쉴피스 교회 안으로 들어갈 수도 있고 서점 안으로 들어갈 수도 있었으리라. 그리고 비가 그칠 때까지 기다릴 수도. 물론 그들은 이런 방법들을 모두 생각할 수 있었을 것이다. 하늘의 법칙에 순종하고 피난처 한 귀퉁이에 자리를 잡는. 하지만 그들은 폭우와 인적이 없는 뤽상부르 공원을 선택했다.

원피스가 그녀의 몸에 달라붙었다. 그녀는 자신이 추워한다는 것을 그가 알아차리도록 몸을 오그리고 가슴 앞으로 팔짱을 꼈다. 그러나 실은 그녀는 춥지 않았다. 그녀는 부끄러웠다. 그녀는 새롭고 두려운 뭔가를 인식했다. 그녀의 어깨, 옆구리, 엉덩이가 엄습한 죽음처럼, 모든 것을 고백하는 우스꽝스런 해골처럼 눈에 띄게 두드러져 보이고 있었던 것이다. 그녀는 이 모든 것을 감추고 싶었다.

그가 그녀에게 팔을 내밀지 않은 것은 바로 그 때문이었다. 그는 친절함이나 배려심을 발휘하여 그녀가 빗속을 걸어가는 것을 돕지 않았다. 질풍 속으로, 급작스러운 돌풍 속으로 쉽게 날아가버릴 값비싸고 가벼운 물건을 와락 붙잡는 것처럼 그녀를 붙잡지 않기 위해 거의 폭력을 행사하다시피 한 것이다. 그녀는 입술을 깨물면서 앞으로 나아갔다. 육체의 확신이 줄어들었고, 두 팔은 그저 어깨에 달라붙어 있는 듯했다. 그녀는 고통스러웠다. 점점 더 고통스러웠다. 마흔 살의 여자로 남아 있다는 것이. 자유롭고 독립적으로. 그녀는 몇 달을 보냈다. 몇 달간의 유폐생활과 광기가 그녀의 인생을, 그녀의 삶 전체를 장악했다. 때때로 그녀는 하릴없이 스스로에게 중얼거렸다. 나는 나 아닌 다른 어떤 사람이라고, 어린아이라고, 사춘기 소녀라고 되뇌었다. 그 사실을 인식하지도 못한 채, 고통을 알지도 못한 채. 그녀는 하릴없이 자기가 될 수 있었던 모습을, 사랑하고 사랑받을 수 있었다는 사실을 떠올려보려고 애썼다. 그러나 그녀는 환원작용을 더 이상 피할 수 없었고, 증오의 대상은 그녀 자신이 되어버렸다.

그 대상.

검고 높은 철책. 잿빛 산책로. 굳건하게 서 있는 나무들. 상태가 좋은 조각상들. 그리고 그들.

뤽상부르 공원의 갑작스러운 침묵. 비어 있는 테니스 코트. 체스 두는 사람들조차 어디론가 도망가고 없었다. 멈춰버린 회전목마. 그리고 그들.

멀리 도심에서 들려오는 메아리들.

그리고 그들.

식어버린 분수. 물에 젖은 벌집.

그리고 그들.

비가 잦아들었고, 빗발이 성겨졌다. 이제는 드문드문 흩뿌릴 뿐이다. 그녀는 균형을 잡기 위해 몸의 움직임에 양 손을 맡겼다. 걸음을 걷기가 힘들었기 때문이다. 뒤축은 진창에 빠져버렸다. 진창과 자갈 그리고 단념. 그 태만함. 그녀는 그 모든 것을 참을 수 없었다. 그리고 우스웠다. 서로 몸도 건드리지 않고 나란히 서서 이 공원 안을 걷는다는 것은 자연스럽지 않았다. 이 거짓된 명랑함. 나쁜 날씨를 무릅쓰고 그 사실을 웃음거리로 삼지 않기 위해 택한 이 바보스러운 방법이라니. 침묵 또한 조금 부담스러웠다. 그러자고 동조한 것은 아니지만 부적절한 일이었다. 그들은 남들에게 어떻게 보일까? 불륜의 남녀. 보호시설에서 막 빠져나온 두 도망자. 이 인위적인 열중 상태를, 비뚤어진 느긋함을, 얼마나 오랫동안 유지할 수 있을까? 이 모든 것에도 불구하고 어떻게 강인하게 굴 것이며, 말하지 않고 어떻게 편안할 수 있을까? 그건 진이 빠지는 일이었다. 나를 위해 만들어지지 않은 역할처럼. 강요된 그래서 너무 빨리 지치게 하는 운동처럼. 하지만 그녀는 떠날 생각 같은 것은 조금도 없었다. 거기. 지금. 그녀는 결코 추위를 핑계 삼아 택시를 불러 집으로 돌아가지 않을 터였다. 현재의 상황이 견딜 수 없는 건 바로 그 때문이었다. 함께 있어야 하는 필요성. 다르게 말하면. 결국 같은 것이다.

하지만 다르게 말해야 한다. 같은 장소에 있는 것. 이것도 아니다.

"확실히 앉지는 못하겠네요!" 그녀는 슬그머니 분이 나서 멸시 어린 태도로 화를 내며 이렇게 말한다. 그러자 그가 자기 손과 소맷부리로 철제 의자의 물기를 쓱쓱 닦아냈다. 그런 다음 그들은 다시 얼굴을 마주하고 앉았다.

더 이상 우스꽝스럽지 않았다. 지저분한 공원의 물에 젖은 두 의자에 앉아 있는 것은 그들이 우스꽝스러움에서 사적인 영역으로 이행했음을 분명하게 의미하고 있었다. 그들은 곰곰 생각한 끝에 이 낯섦을 선택했다. 낯섦은 이미 그들의 의무였다. 만약 그녀가 창백하고 야위었다는 말이 다시 반복되었다면, 그녀는 확실히 그렇다고 대답했을 것이다. 그녀는 끔찍이도 변했다. 하지만 자기 자신이 자랑스러웠다. 살아남았다는 것이 몹시도 자랑스러웠다. 그녀는 거의 할 수 없는 일을 했고, 죽음의 강에서 삶의 강으로 건너왔다. 그녀는 이 철제 의자에 고통스러운 마음으로 앉아 있는 대신 침묵의 세계 속에 있어야 했으리라. 하지만 그는 더 멀리 나아갔다. 그는 웃음거리가 되기로 결심했다. 그 자신을 보여주기로. 그리고 그녀는 그를 바라보았다.

거짓된 천진난만함, 어색한 느긋함으로 그는 바지 주머니에서 가죽으로 된 갈색 케이스를 꺼내어 시가 한 대를 빼냈다. 그녀 걱정은 더 이상 하지 않았다. 더 이상 그녀를 바라보지 않았고 그녀에게 말을 걸지도 않았다. 그녀는 망설였다. 그가 이 암묵적인 싸움 속에서 자기 마음대로 잠시 쉬기로 결정한 건지, 사람들이 오랜 습관에 따라 점심을 먹은 뒤 조건반사적으로 하듯(하지만 그들은 점심을 먹지 않았다) 시가를 꺼내들기로 결정한 건지 그녀는 알 수 없었다. 둘 다 아니라면, 그는 가장 개인적이고 내밀한 행동을 하는 자신의 모습을 그녀가 보기를, 그리하여 자신의 곤란함이 어디서 오는 것인지 그녀가 이해하지 못하기를 바란 건지도 몰랐다. 만약 그가 시가 대신 보통 담배를 꺼냈다면 상황은 완전히 달라졌을 것이다. 평소대로라면 그는 당연히 보통 담배를 그녀에게 먼저 한 대 권한 뒤 자기 담배를 꺼냈을 것이다. 하지만 시가였다. 여자에게는 그런 것을 권하는 게 아니다. 권하는 주체, 그것은 남성이었다.

사람들로 하여금 그들이 실제보다 더 부유하고 더 강하다고 상상하게 하는 남자들이 하는 일을 행하고 있는 것이다. 게다가 그는 시가에 불까지 붙이려 했다.

그리고 그는 불을 붙였다. 거기에 불을 붙이려고 준비했다. 그녀가 이 일에 참여하는 게 정말로 처음일 거라는 비밀스러운 희망과 함께 의식儀式이 시작되었다. 사실 저 먼 기억 이후로(조금 후에 수평적인 기억이 되긴 했지만) 남자 가족들과 함께 시가를 피우던 할아버지에 대한 기억 이후로 시가를 피우는 건 정말 처음이었다. 진실을 말하자면, 그가 그 기억을 곧바로 떠올린 건 아니었다. 처음에 기억은 천천히, 거침없이 그저 지나가버렸다. 그것은 뒤따라오는 기쁨 속에 존재하고 있었다. 그러니까 그가 조부의 이미지, 존경으로 가득 찬 그 오래된 이미지를 다시 보았다고 느낀 것은 지금이 아니었다. 그가 그것을 느낀 건 붉은 색과 금색으로 된 반지를 손가락에서 뺐을 때였다. 조그만. 그녀는 그 반지와 똑같은 반지를 갖고 있었다. 그녀는 그 가부장적 증여품을 살펴보면서 사람들이 그토록 예쁜 보석을 던져주어서 놀랐던 일을 떠올렸다. 반지. 그의 할

아버지가 마치 개에게 먹이를 던져주듯 그녀의 손 안에 던져주었던.

그는 그녀에게 그 시가가 니카라과 산産이라고 말했다. 그가 이 말을 했기 때문에, 그녀가 묻지도 않은 것에 대한 정보를 주었기 때문에, 그녀는 모든 것이 그에게 운명지어져 있었다는 것을, 지금부터 그가 하게 되는 일이 모두 그녀를 위한 것이라는 사실을 이해했다. 그녀의 곧은 콧날에 신경질적으로 주름이 잡혔고, 때때로 그녀는 안면에 경련을 일으켰다. 그건 그녀가 어린아이였을 때 즐겨 하던 놀이와도 같았다. 언제나 으뜸패를 비스듬히 쥐고 있어야 한다는 것을 그녀는 알고 있었다.

그후에 그가 한 행동. 그녀는 그런 행동을 처음으로 보았다. 어린아이로서 그녀는 반지를 몸에서 떼어놓아야 했다. 어린아이로서 그녀는 그 가짜 보석에 만족해야 했고, 고맙다고 말하고 떠나버려야 했다. 그녀는 금기에 대한 직관을 지니고 아주 작은 키에 머물러야 했다. 하지만 오늘 그녀는 그것을 바라보고 있다.

그는 시가 끝부분을 앞니로 굴려가며 잘근잘근 씹었다. 그런 다음 결연히 물어뜯어 뱉어버렸다.

그는 뱉어냈다. 입 한쪽으로 비스듬히. 그녀는 그 행동을 어떻게 받아들여야 할지 알 수 없었다. "겉쪽 두루마리 잎을 떼어낸 거요." 그는 자신이 시가 끝부분을 뱉어낸 것이 지극히 평범한 행동이라는 것을, 시가를 피우기 위해서는 늘 그렇게 해야 한다는 것을 그녀에게 알려주기 위해 이렇게 말했다. 실내의 거실에서는 어떻게 할까. 그녀는 자문했다. 요즘 세상엔 타구唾具를 사용하는 사람이 없지 않은가. 보통 때 그는 어떻게 할까? 건조한 날씨엔? 보통 날씨엔? 그러나 그녀는 그에게 그 질문을 하지 않았다. 그냥 용인하기도 했다. 시가 끝부분을 뱉어낸 행동이 피할 수 없는 의례적인 행동이라고 믿기로 했다.

그는 그녀가 숨쉬는 소리를 들었다. 목소리를 가다듬기 위해 작게 마른기침 하는 소리도. 다음 순간, 그녀의 발이 허공에서 버둥거리는 모습이 그의 눈에 들어왔고, 그녀의 구두가 벗겨졌다. 검은 구두에는 진흙이 묻어 있었고, 자갈 때문에 생채기가 나 있었다. 구두는 굽이 너무 높았다. 이런 환경에는 맞지 않았다. 그녀는 그렇게 가만히 있었다.

구두를 신은 발.

다른 쪽은 맨발.

다시 한 번 그는 시가 끝부분을 굴렸다. 하지만 이번엔 이 사이에 넣고 굴리지 않았다. 입술과 혀 사이에 넣고 굴렸다. 침이 묻도록.

그녀는 배가 아팠다. 그래서 자세를 바꾸어 의자에 더 깊숙이 앉은 다음 맨발인 한쪽 발을 다른 쪽 다리에 얹고 문질렀다. 그의 입과 입에 물린 시가에서 시선을 떼지 않은 채. 그렇게 하면 지금 그녀가 거의 무심할 정도로 완전히 편안한 상태라는 사실이 확고해지리라 생각하면서. 그러나 그는 그녀의 스커트 자락이 넓적다리까지 말려 올라가 있다는 것을, 그리고 그녀가 그 사실을 전혀 감지하지 못하고 있다는 것을 알아차렸을 뿐이다.

그는 라이터를 꺼냈다. 불꽃을 높고 똑바르게 유지하기

위해. 확실한 방법이었다. 시가 아래에 불꽃을 유지하는 것. 불과 담배의 유혹. 무해하고 필수적인 타는 듯한 느낌 속의 일치감. 그것은 멈추지 않았다. 서로를 건드리지 않는, 필수적인, 멀리 있고 함께 있는, 서로 응답하는 불꽃과 시가의 유희.

그녀는 그 상태를 유지하기로 결정했다. 그녀 안에 차오르는 욕망의 어느 한 자락도 보여주지 않기로. 긴장 그리고 증가하는 흥분. 그의 손가락들. 시가. 그의 입술. 편안하게 있는. 전시를 조직하는 그의 방식.

그리고 또 한 번 그는 시가를 빨아들였다. 그가 느끼고 있는 것을 그녀에게 말하지 않은 채. 그 향기를, 고독한 쾌락을 나누지 않은 채. 태양으로부터 자기 자신을 보호하려는 사람처럼 눈을 반쯤 감은 채 시가를 피웠다.

그녀는 다리를 문지르던 발을 놓아버렸다. 그리고 마로니에를 바라보았다. 쓸모없는 존재들. 물에 젖은 존재들. 8월의 마로니에들. 그늘도 열매도 없이 계절을 기다리는.

그들의 시간이 오기를 기다리는.

"쿠바에서는 아직 피우지 않은 시가가 여자의 넓적다리 위를 스치면 그 시가를 불꽃으로 살균하지."

그는 어떤 방법으로 그녀의 기억을 환기시켜야 할지 알고 있었다. 그녀가 그를 다시 바라보았다. 쿠바 여자들의 넓적다리에 의해 제기된 외설스러움에 대해 성난 질문을 하지 않고. 너무 쉬웠다. 이런 종류의 도발. 그것은 아마도 다른 사람들과 함께 있을 때 행해졌을 것이다. 그녀와 함께는 아니었다. 할 수 있었다면 그녀는 웃었으리라. 만약 할 수 있었다면 그녀는 이 공원을 떠났으리라. 만약 할 수 있었다면 그녀는 그가 그의 할아버지를 닮았다고 말했으리라. 만약 할 수 있었다면 그녀는 자기 구두에 침을 뱉었으리라. 거기에, 지금. 그녀 스스로 침을 뱉었으리라. 그런 다음 소맷부리로 침을 닦아냈으리라. 남자들은 시가에 불을 붙이고, 여자들은 청소를 하니까. 만약 할 수 있었다면 그녀는 그에게 나를 원하냐고 물었으리라. 만약 그녀가 할 수 있었다면.

그녀는 그에게 물었으리라.

마침내 그가 그것을 했다. 입을 동그랗게 오므리고, 탐스러운 입술로, 장난기 어린 시선으로, 희미하게 빈정거리며 시가에 불을 붙였다. 그 모습은 단번에 그녀의 시야에 들어왔다. 시가는 단번에 불이 붙었다. 불꽃이 그것을 건드리지 않았는데도.

그는 시가를 빨아들였다.

즉시 연기를 토해냈다.

그녀에게 웃어 보였다.

자, 어서, 라고 말하는 듯한 미소.

뭐라고요? 라고 말하는 것과 비슷한 행동은 뭐지?

이제 비는 더 이상 오지 않고 있다. 전혀. 새들이 돌아왔다. 나무 아래에. 산책로에. 철제 의자들 아래로도. 낯섦은 끝났다. 이미. 그녀가 내린 이 결정에, 비에 젖은 공원에 와 앉고 싶다는 욕구에 은밀한 부분이라고는 전혀 없었다. 그것은 밤중에 서로를 찾아 헤맨 후 다시 불을 켜는 행위와도 같았다. 몽상에서 벗어나, 둘이서 놀라고, 잠시 어리둥절해하는 것과 같았다.

뭐라고요?

자, 어서.

그는 시가를 피웠다.

그녀는 목에 걸린 진주와 십자가를 만지작거리며 놀았다.

손톱을 물어뜯는 대신에. 손가락으로 머리채를 돌돌 말았다. 신경질이 난 듯 발을 굴렀다. 그는 시가를 피웠다. 그녀는 진주와 십자가를 만지작거렸다.

서로 대화를 나누는 대신. 그 외에는 아무 일도 없었다. 조깅하는 사람들이 돌아왔다. 비둘기를 데리고 다니는 할머니 두 명도 있었다. 쓰레기통 앞에 멈춰 선 고독한 산책자들도. 그게 전부였다.

서로 대화를 나누는 대신.

그러는 대신 그녀는 처음으로 보았다. 그의 눈의 정확한 색깔을. 파란색이었다. 하늘 빛깔이 아니었다. 바다 빛깔이 아니었다. 노래나 시의 빛깔도 아니었다. 멀리 있는 파란색이었다. 지나치게 곧은 속눈썹의 투명함과 섬세함에 의해 멀어진, 움푹 들어간 파란색. 거의 아무것도 아닌 파란색. 시가의 거만함과 시가를 피우는 남자에게 연상되는

힘. 소맷부리로 빗물을 훔쳐내는 남자의 경쾌한 확신과는
잘 어울리지 않는 파란색. 그가 걷는 방식, 절뚝거리는 방
식, 그것을 감추는 방식과 조화를 이루는 파란색이었다.
서투른 파란색. 말하기 부끄러울 만큼 너무나 투명한 파란
색. 뭔가를 원하지 않는, 다른 파란색들(좋은 건강 상태를,
손쉬운 아름다움을 나타내는 신호)과 같을 수 없는 파란색.
그녀는 정확한 그 파란색의 정확한 색깔을 보았다. 팔레트
위에서, 수면에서, 만년필 잉크에서 이 파란색은 어떻게
불릴까? 그것에 이름을 붙이려면 어떻게 해야 할까?

그녀는 일어났다.
그녀는 구두를 신고 일어났다.
만약 이 파란색이 하나의 향기라면, 그 향기는 어떨까?
그것을 무엇과 결합시킬 수 있을까? 멀리 있는 향기. 너무
나 높아서, 이렇게 오랜만에 처음으로 부드럽게 열 수 없
는 옷장. 수세기 만에. 복도 깊은 곳에 있는 방의 파란색.
나무로 된 파란색의 향기. 비밀을 맡겨놓고 다시 찾아온
방의 옷장을 마침내 열 때 나는 고통스러운 소음. 수세기
가 지난 후에.

그러니까, 어서.

그것은 멀리서 온 파란색이었다. 그것이 그녀가 지금 이해하고 있는 바였다. 그녀가 그 파란색을 더 이상 바라보고 있지 않은 지금. 그녀가 감히 그러지 못하는 지금. 그녀가 온통 그에 대한 욕망에 빠져 있는 지금. 그의 눈 색깔 때문에 자신의 욕망이 영원히 채워지지 않으리라는 것을 그녀가 이미 알고 있는 지금.

그녀는 조금 걸었다. 그녀는 가까스로 걸었다. 몇 발자국. 그들이 앉은 두 의자 주변을 왔다갔다하며 걸었다. 여자의 육체는 욕망으로 묵직했고, 상대방 남자의 육체는 텅 비어 어쩔 줄 몰라 했다. 한쪽 그리고 다른 쪽 육체. 한쪽은 앉아 있고 다른 쪽은 서 있는. 저항하고 끌리는. 한쪽 그리고 다른 쪽 육체. 그에게, 그녀에게. 한쪽 그리고 다른 쪽 육체. 결코 서로 닿지 않는. 오 년 만에 마주한. 확신과 활기로 가득 찬 채 마주한. 파란 셔츠, 검은 원피스, 긴 외투, 진주를 박아넣은 엷은 색의 멋진 진바지를 입은. 진주와 십자가. 지금은 너무 가까운 시가 향기. 개의 냄새. 비 맞은 개의. 한쪽 그리고 다른 쪽 육체. 나는 당신에게 내 육체를 준다. 나는 당신에게 내 피를 준다. 지나치게 옷을 갖춰 입은 두 육체의 말없는 기도. 나는 당신에게 내 육체를 준다. 그녀의 피부. 너무 창백한 그녀의 피부와 신중한 화장. 그것은 내 육체다. 그것은 내 피다. 그것을 마신다. 얼굴을 붉히지 않고 상대방의 피를 마신다. 붉은 피, 붉은 입맞춤. 흐릿해지는 그의 눈 색깔을 보고 그것들의 저항이 무너지는 것을 느낀다. 유리가 와장창 부서지는 것 같은 커다란 소리. 관습과 예의범절. 한쪽의 입장과 다른 쪽의 형편. 오 년 만에 처음으로 펼쳐지는 이 가면 무도회. 잃어 버린 시간의, 가능하다고 결코 믿지 않았을 이 번민. 그럼 에도 불구하고 모든 것에 저항하고 살아남는 이 경이로운 인내심.

살기.
그러니까, 어서. 살기.
그녀는 그에게 다가갔다.
살기.
그. 너무 작은 이 의자에 앉기엔 덩치가 너무 큰. 너무 딱딱한, 너무 젖어 있는 의자.

그와 그의 여자 같은 머리칼. 가느다란. 금발의. 비를 맞았는데도 축 처지지 않은. 가느다랗고 듬성듬성한. 속눈썹 색깔처럼 금색인. 당연히. 조화로운. 눈 색깔과 어울리는 얼굴. 그 파란색의 지배를 받는 얼굴.

그 파란색의 명령에 따르는.

살기.

그녀는 도취한 듯 천천히 그에게 다가갔다. 그녀의 움직임이 뒤죽박죽으로 만들 모든 것으로 이미 꽉 차버린. 그 움직임은 존재와 시간의 질서를 전복시켜버릴 터였다. 수세기를 전복시켜버릴 터였다. 백 년 된 마로니에 나무들을, 돌로 만들어진 조각상들을, 무거운 의자들을, 공인된 관념들을, 살면서 배운 교훈들을 전복시킬 터였다. 그 영원과도 같은 몇 초 후, 그녀는 가까이 다가가 자신의 얼굴을 그의 얼굴에 갖다댔다. 그 몇 초는 이 불가사의한 일 앞에서 갑자기 멈춰버렸다. 오로지 두 사람에게만 가능한 그것 앞에서. 두 개의 입, 두 개의 욕망, 두 개의 혀, 두 개의 삶, 서로 마주한. 서로에게 맞닿은 두 개의 얼굴. 피부가 처음으로 상대방의 피부를 느낀다. 그녀의 새로운 피부에 맞닿은 미지의 피부. 처음으로. 예외적인 첫 입맞춤. 숭고함을 드러내는 그 유일한 구원자. 예외적인 일치감을 교환한다. 피를 느끼고, 타액을 느끼고, 치아의 형태를 느낀다. 끌어당기는 혀의 힘과 그 놀랍고도 세찬 두께, 그리고 혀끝의 부드러움을 느낀다. 시가와 술 냄새, 매끈매끈한 치아의 새로운 느낌, 성난 듯 공격적인 입술. 반쯤 열렸다 가까스로 다시 닫히는 입술. 터무니없이 꽉 찬. 입은 치아와 혀로 서로를 원하고 서로에게 요구하고 서로에게 응답한다. 다른 혀로 말하는 혀들. 그것들은 첫 입맞춤이 언제나 처음이기 위해 언젠가 입맞추기를 그칠 것이다. 마로니에 아래에서 울면서 나누는, 더 이상 춥지 않고 더 이상 수치스럽지 않은 첫 입맞춤의 느낌. 육체의 형태에 개의치 않는, 사막을 횡단한 영혼의 나이에 개의치 않는 첫 입맞춤. 늘 만족스럽고 늘 처음인 입맞춤. 마침내 그녀는 그를 품에 안았다. 그의 파란 두 눈이 너무 가까워서 흐릿해지고, 속눈썹이 떨리면서 비스듬히 기울어진다. 그가 소유한 그녀에 대한 신비 속에서 그의 눈이 그녀를 향한 시선을 차단한다. 반쯤 열린 두 눈. 파란색은 도망갔다가 다시 돌아온다. 완전히 닫혔다가 실눈이 되며 다시 드러나는 파란색. 눈꺼풀은 아직도 수줍어하며 떨고 있다. 망설이는 눈꺼풀의 그 연약한 피부. 초대. 마침내 이루어진 첫 입맞춤. 늘 그렇듯 놀라며 감행하는 그 최초의 행위. 마침내 그의 얼굴을 두 손으로 감싼다. 마침내 그것을 손 안에 쥔다. 마침내 그것을 손 안에 가진다. 그것을 맞아들이고 그것에 집중한다. 여자 같은 머리칼에 감싸인 그 얼굴. 면도가 잘못된 그 얼굴. 그것은 그녀의 얼굴을 콕콕 찌르고 두 손 안에서 그녀를 자극한다. 마침내 그것을 손에 쥔 뒤 그들은 서로를 음미하고 서로를 호흡하고 상대방의 입속에서 숨을 쉰다. 두 손 안에서 그 얼굴은 숨이 죽는다. 입천장과 치아와 입술을 애무하는 혀. 입맞춤의 호흡. 믿을 수 없을 만큼 노골적이고 놀랄 만큼 경솔한. 두 손 안에 쥔 얼굴에 대한, 입 속에서 이루어지는 돌연하고 갑작스러운 탐험. 서로 코를 마주 대자 안심이 되었다. 한 손이 천천히 한쪽 뺨을 타고 흐르고, 높고 윤기나는 광대뼈를 타고 가볍게 미끄러져내려 자라나고 있는 턱수염을 어루만진다. 그 손이 담대하게 목덜미에 이르고 손가락들은 얼굴 뒤쪽으로 가서 머리칼을 애무한다. 목덜미에 자라난 여자처럼 길고 가느다란 머리칼을. 그녀는 기쁨으로 그의 머리칼을 한없

이 움켜쥐고 손바닥을 펴서 그의 목과 머리 전체를 한없이
쓰다듬는다.

살기.

그녀는 그의 목에 머리를 묻었다.

그녀는 자기도 모르는 사이에 그의 무릎 위에 앉았다.

그녀는 숨을 내쉬었다. 머리를 그의 목에 묻은 채로.

끝났다. 첫 입맞춤이. 그들은 계속 서로를 포옹할 터였
다. 난생처음인 것처럼. 이 놀라움이라니. 난생처음. 이 고
백이라니. 난생처음. 이런 대담함은 정말이지 처음이었다.
이 뻔뻔스러움이라니. 정말로.

그가 그녀의 허리에 팔을 둘렀다. 그녀의 목에 얼굴을
얹지는 않았다. 반대로 자기 얼굴에서 그녀의 얼굴을 들어
올렸다. 그리고 다른 곳을 바라보았다. 검은 철책 뒤쪽을.
잘 손질된 산책로를. 행인들의 목소리. 다른 곳을 바라보
았다. 그리고 그는 말했다. 검은 철책 뒤편에 '뤽상부르
공원' 이라는 이름의 호텔이 하나 있다고.

이제 공원에서 나가야 했다. 첫 입맞춤 후, 산책로, 진창, 자갈밭을 걸어. 튼튼한 신발을 신고 레인코트를 입은 행인들을 피해, 아이들이 없는 풀장과 사람이 한 명도 없는 벤치들 주변을 돌아서. 첫 입맞춤 후, 겨울 속을 걷고, 도시의 숨막히는 소음을 피해. 하늘은 여전히 거무칙칙했고, 소나기가 몰고 온 축축함이 아직 남아 있었다. 첫 입맞춤 후, 그들은 때때로 손과 손가락을 가까스로 살짝살짝 스쳤다. 불안감이 있었고, 방 안으로 가고 싶다는 욕망이 있었다. 상대방에 대한 욕망과 스스로에 대한 불편함이 있었다. 첫 입맞춤 후, 다시 고독해진 채 진창과 자갈 속을 걸어서, 이미 어찌할 수 없을 만큼 비에 흠뻑 젖은 채. 염려하면서. '뤽상부르 공원.' 거기로 가자고 서로 말은 하지 않았지만 그렇게 기대하면서. 8월 18일 오늘 빈방을 잡는 것이 가능할지 알지 못한 채. 방은 아침부터 준비되어 있었다. 수천 번 방문했지만 알지 못하는 방. 서로에 대해 이미 너무나 많은 것을 알고 있지만 서로를 모른 채. 첫 입맞춤 후, 배에 두려움을 느끼면서. 만약 실패한다 해도 심각한 일은 아니었다. 서로 대화를 하고 서로를 설득하면 될 테니까. 결정된 것은 아직 아무것도 없고, '뤽상부르 공원'의 객실에서 한 시간쯤 보낸다 해도 아무 일도 일어나지 않을 터였다. 그후엔 그대로 흘려보내고 즉시 잊어버리면 될 터였다. 마지막으로 한 번 만났다 해서 거꾸로 되돌려야 할 일은 없을 것이고, 다시 볼 일도 없을 터였다. 그들이 곧 알몸이 되리라는 소름끼치는 확신을 가진 채 때때로 서로의 손을, 서로의 손가락을 조금씩 스치며 공원 안을 걷는다 해도.

그녀는 걸음을 멈추었다. 그녀는 절대로 그의 앞에서 알몸이 될 수 없을 터였다. 그를 마주하고 알몸이 되는 일은 없을 터였다. 그에게 몸을 맞대고. 그의 품안에서. 그의 곁에서. 알몸으로. 그녀는 튀어나온 엉덩이와 작은 가슴으로 한 남자에게 몸을 던질 수 없을 터였다. 그녀는 마지막 적선인 양 그의 애무를 받아들일 수 없을 터였다. 그녀는 그럴 수 없었다.

그녀는 그를 마주하고 선 채 가만히 있었다. 그는 대개 사람들이 그러듯 그녀를 기다렸다. 평온하게, 익숙한 태도로. 걷기 싫어하는 어린아이, 게으른 어린아이처럼. 그는 웃지 않고 초조해하지도 않으면서 그녀를 기다렸다. 그는 그녀를 기다렸다. 그는 거기에 있었다. 묵직한 육체 속에. 파란 눈과 아직 빳빳한 머리칼을 한 채. 그는 거기에 있었다. 그는 그녀와 입을 합쳤었다. 그의 입은 방금 그녀에게서 떨어졌고, 그녀는 아직도 그의 입술의 느낌을 간직하고 있었다. 너무나 섬세한 입. 솜씨 있게 윤곽이 그려진. 말하지 않는 입. 부드럽고 기다란 입술. 반질반질한 치아. 반쯤 벌어진 그 입. 서로에게 해를 입히지 않으리라는 사실을 납득하기 위해, 그들은 입술을 가볍게 했다. 잔인하지 않고 신랄하지 않은, 비천한 습성이 없고 억제하지 않는 입술. 그녀는 손가락 끝으로 첫 입맞춤의 자리를, 첫 쾌락의 근원을 쓰다듬었다. 입술의 생생한 감촉. 따뜻한 혀. 그 온

기의 기억이 그녀의 손가락을 타고 흘렀다. 그녀의 손가락이 그의 배로, 벌써 땀에 젖어 있는 넓적다리 안쪽의 성기 쪽으로 움직였다. 그녀는 그를 원하지 않았다. 그녀는 자신이 손가락 끝으로 어루만지고 있는 그에 대한 욕망을 염두에 두고 있지 않았다. 그래서 그녀는 다시 걸었다. 그들은 다시 어깨를 나란히 하고 걸어갔다. 보초를 서고 있는 경관, 엄숙한 상원 의사당, 준엄한 법률 앞을 지나서. 내면의 규칙, 개시와 종료를 포함하고 있는 시간표, 금지된 개들, 금지된 풍선들, 금지된 미역감기 앞을 지나서. 그리고 잊혀진 입맞춤들.

그러므로 이제 말을 해야 했다. 방 하나를 부탁하고, 이름과 은행카드를 제시하고, 열쇠 번호를 받아야 했다. 급작스럽게 그곳을 지나가야 했다. 두꺼운 양탄자가 깔려 있고, 활짝 핀 꽃다발이 놓여 있고, 날짜가 지난 잡지들과 라파예트 백화점의 접이식 팸플릿, 바토 무슈(센 강을 운항하는 관광용 유람선—옮긴이)의 시간표가 놓여 있는 호텔 로비를. 그리고 관습과도 같고 필연적인 과정과도 같은 갑작스러운 욕망. 엘리베이터를 부르고, 불가해함 따위는 잊어버린다. 그들이 부부 사이였다는 안전함을 잊어버린다. 그녀가 그를 쳐다보자, 그가 희미하게 웃는다. 그리고 서로 말을 하지 않은 채 올라간다. 비좁은 엘리베이터 안에서 그들은 가능한 한 서로 멀찍이 떨어진다. 그들은 거북해하는 기색이 아니고 바쁜 것 같지도 않다. 그들은 상대방의 눈에서 환멸을 읽지 않는다. 백 번이나 반복해서 그려본 상황. 그야말로 상투적인. 다시 내려가고 싶은 욕구. 이 상황이 어서 끝났으면 하는 욕구. 그러나 뱃속 깊이 느껴지는 작은 두려움. 어떤 기대.

그는 힘들게 문을 열었다. 그러나 그가 방을 달라고 요구한 이상, 그가 카드를 보여준 이상, 그가 남자의 작업을 계속하고 있는 이상(시가를 피우고 호텔 방으로 오는), 그가 사랑을 나누자고 그녀에게 권유한 이상, 열쇠를 쥐고 있는 것은 그였다. 열쇠가 자물쇠 안에서 돌아가는 소리. 하지만 문이 열리지 않자 그가 투덜대는 소리. 그리고 갑자기 덜커덕 하는 열쇠 소리에 그는 진정되었다. 되돌아온 친숙함. 되돌아온 내밀함. 열쇠. 망설이는. 뭔가를 찾는. 그리고 마침내 돌아가는. 그녀는 그가 저녁에 어디로 돌아갈지 자문했다. 누구의 집으로? 누군가 그를 기다리고 있을까? 그가 현관문에 열쇠를 꽂고 돌리는 소리를 듣고 한 여자가 소스라쳐 뛰어나올까? 당신 왔어요? 일찍 끝났네요? 깜

짝 놀랐어요. 어서 들어와요. 당신 흠뻑 젖었네요. 비를 맞
았군요. 난 꼼짝 않고 있었어요. 당신을 기다렸어요. 빨리
들어와서 문 닫아요.

　그들은 안으로 들어갔다. 물론 방은 그녀가 상상했던 것
과 달랐다. 그녀는 좀더 어둡고 장식이 없고 좀더 큰 방을
원했었다. 그녀는 다음 기회에, 다른 곳에서, 10킬로그램
쯤 살이 찌고 열다섯 살쯤 어려진 채, 완벽한 피부를 가진
꿈의 육체로 그와 함께 하고 싶었으니까. 승자의 방, 활기
찬 자들의 방, 건강 상태가 좋은 신혼부부의 방, 다른 사람
들을 위한, 다른 모든 사람들을 위한 방, 그들을 위한 방이
아닌 방을 원했으니까.

　그녀는 침대 가장자리에 걸터앉았다. 그가 방이 정말로
로코코 스타일이라고 말했다. 아니군. 커튼의 술장식과 침
대 위의 나폴레옹 모사품을 보면. 나폴레옹이 이 호텔에
묵었었나? 아, 좋은 질문이다. 그들은 조금 웃었고, 그녀
는 입이 마르는 것을 느꼈다. 불안감 때문에 입이 바싹 말
라 있었다. 그녀는 그에게 포도주 한 잔을 부탁했다. 미니

바에 뭐가 들어 있을까? 우리를 위해 무엇을 준비해뒀을까? 호텔 사람들이 우리 생각을 했을까? 우리가 올 거라는 걸, 우리가 목이 마를 거라는 걸 알고 있었을까? 잠깐 실례할게요. 화장실 좀 가야겠어요. 그녀는 이렇게 말하고 욕실 안으로 들어가 거울 속에 얼굴을 비춰보았다. 그리고 견뎌보려고 애썼다.

리멜(여자들이 눈화장에 쓰는 마스카라의 상표명—옮긴이)이 흘러내려 있었다. 비, 입맞춤, 그리고 얼굴을 그의 목에 묻었기 때문이다. 리멜이 얼굴을 타고 흘러내려 있었고, 두 눈 가장자리에는 검은 무리가 져 있었다. 눈 가장자리가 온통 검어져 있었고, 속눈썹은 짧아진 채 눈가에 찰싹 달라붙어 있었다. 그는 어떻게 이런 여자를 품에 안을 수 있었을까? 만약 그녀가 그에게 어떤 얼굴을 보였는지 알았더라면, 자신이 너무나 창백하고 눈이 움푹 파여 있다는 걸 알았더라면, 결코 첫 입맞춤을 주도하지 않았으리라. 그녀는 결코 욕망하는 여자가, 대담한 여자가 되지 않았으리라. 약혼자라도 되는 것처럼 당당하게 이 호텔 로비로 오지 않았으리라. 엘리베이터 옆에서도 결코 그의 아내로

서의 모습을 보여주지 않았으리라. 만약 그녀가 자신의 얼굴이 지금 어떤지 알았더라면, 구두를 벗어 손에 들고 수치심에 얼굴을 붉히며 걸음아 날 살려라 하고 공원을 뛰쳐나왔을 것이다. 그리고 거기, 자기 집으로 가 숨으려 했을 것이다. 그녀의 은신처 깊은 곳으로, 병이 난 개처럼 깃털요 밑에 몸을 숨겼을 것이다.

그러나 그녀는 알지 못했고, 지금 그녀는 여기 있다. 그가 포도주 병 마개를 뽑고 유리잔을 꺼내는 소리를 듣고 있다.

그럼에도 불구하고 그녀는 오줌을 누었다. 지금 그녀가 여기 와 있는 이상. 그런 다음 뒷물을 하기 위해 수도꼭지를 열어 물을 틀었다. 그녀는 행여 남에게 좋지 않은 인상을 주게 되지 않을까 늘 두려움을 느끼고 있었다. 그것, 여자의 성기 냄새를 좋아하지 않는 남자들이 있다. 지금 그는 말이 거의 없고 조심스럽다. 건장한 사람이 갖고 있는 육체에 대한 신중함. 그녀는 그의 정확한 눈 색깔을 감히 보았다. 입맞춤이라는 방법을 통해 그것을 알았다. 그가 여자의 성기 냄새를 좋아했었나?

　그는 작은 테이블 위에 잔 두 개를 올려놓고 침대 가장자리에 앉았다. 그는 벌거벗고 침대에 누워 벗은 상반신까지 시트를 덮은 채 남편처럼, 오랜 연인처럼 그녀를 기다릴 수도 있었다. 축축하고 구겨진, 그의 파란 눈과 잘 어울리는 셔츠를 벗을 수도 있었다. 그녀가 욕실에서 나와 그의 옆에 앉았다. 하지만 서두르는 듯한 기색을 보이지 않기 위해 너무 가까이 앉지는 않았다. 기다리고 있는 듯한 기색, 쫓기는 듯한 기색, 상황이 이미 끝났고 그 사실을 잘 알고 있어서 서두르는 듯한 기색을. 정말로 그렇게 될까? 그는 좋은 연인일까? 그는 여전히 그렇게 말할까? 그녀가 야위었다고 감히 한 번 더 말할까? 아니면 반대로 예의를 차려 거짓말을 늘어놓을까? 당신은 아름다워, 당신이 마음에 들어, 라고? 머리로는 다른 것을 생각하면서 두 눈을 감고 뛰어난 상상력을 발휘하여 어쩔 수 없이 그런 종류의 말들을 늘어놓을까? 만약 그가 회피한다면 그에게는 최악의 일일 것이다. 그녀는 자신이 사랑을 나누는 행위를 지나치게 좋아하여 남자를 실망시킨다는 것을 알고 있었다.

아니, 그녀는 결코 남자들을 실망시키지 않았다. 그녀는 이 밤의 장면을 다시 머릿속에 그려보았다. 끝없는 이 밤을. 그. 남편. 거실의 소파 위에서 그녀를 맞아들이던. 부부침대에서 멀리 떨어져 살았던. 그가 지금 그녀 옆에 앉아 있다. 그리고 끈기 있게 반복하고 있다. 나는 더 이상 당신을 만질 수 없다는 걸 상상할 수 없소. 우리 사이가 끝났다는 걸 상상할 수 없어. 이제 나는 더 이상 당신을 만질 수 없겠지. 상상할 수 없어. 그때 그녀는 비디오 플레이어의 시각 표시가 깜박이는 것을 바라보았었다. 시간은 싸늘한 거실의 밤 속에서 영원처럼 느리게 흐르고 있었다.

그가 그녀에게 백포도주가 담긴 유리잔을 내밀었다. 유리잔은 그의 두꺼운 손가락 안에서 너무 연약해 보였다. 그의 손가락이 시가를 잡고 있었던가? 시가 냄새를 풍기는 그의 손가락이 그녀 안에 잠겨들기 위해 다가왔던가? 그의 냄새가 담배 냄새와, 여자의 넓적다리와, 남자의 입과 잘 어울릴 수 있을까?……

그녀는 맛도 보지 않고 포도주 잔을 작은 테이블 위에

다시 올려놓았고, 그는 그녀의 한쪽 손을 잡았다. 그리고 소중한 선물을 풀듯 부드럽게 그녀의 몸을 열었다. 그녀가 다른 쪽 손바닥을 펼쳐 샘물에 손을 담그듯 그의 얼굴로 가져갔다. 그러자 비, 흙, 그리고 담배 냄새가 너무나 강하게 느껴졌다. 셔츠 주름에 맺힌 물기도. 그녀는 소금기 있고 더러워진 그의 손을 오랫동안 어루만졌다. 그녀는 비누 냄새를 풍기는 남자를 싫어했다. 그는 그녀의 손 안에서 자신의 하루를, 오늘 하루 전체를 느끼고 있었다. 그녀를 만지기 전에 그가 만졌던 것들을 느끼고 있었다. 설탕, 커피, 머리빗, 파란 셔츠, 열쇠 꾸러미, 돈, 가죽, 비, 담배, 뤽상부르 공원의 철제 의자, 뤽상부르 공원에서의 그녀의 얼굴, 그녀의 젖은 머리칼 냄새. 갑자기 그가 두 손을 펼쳐 그녀의 머리를 감싸안고는 그녀에게 입을 맞췄다. 거대한 입. 그녀의 입 속 먼 곳에서 뭔가를 찾는. 그의 치아가 그녀의 치아와 부딪치고, 그녀는 그의 파고드는 입, 자기와 함께 가자고, 함께 나누자고, 탐색하고 맞아들이자고 애원하는 입의 무게에 눌려 균형을 잃고 뒤로 나자빠졌다. 그리고 돌처럼 딱딱한 그의 성기가 자기 몸에 닿는 것을 느꼈다. 그의 성기는 하나의 약속처럼 그의 하얀 바지 밑에서 내밀어져 있었다. 그것은 그녀에게 그녀가 아름답다고, 수년 전부터 아름다웠다고, 그가 재단이 잘 된 원피스 밑에 숨겨져 있는 그녀의 몸을 원한다고 말하고 있었다. 프티푸르(한 입에 먹는 작은 과자―옮긴이)를 먹고 의례적인 찬사를 한 뒤에, 그녀가 야위고 창백함에도 불구하고, 두려움과 일상의 평범함에도 불구하고 그녀를 원한다고 말하고 있었다. 그리고 그는 그녀를 일으켜 침대 위에 길게 눕혔다. 그녀는 사람들이 갖고 다닐 수 있는, 마음대로 흔들 수 있는, 오게 할 수 있고 붙잡을 수 있는, 되찾을 수 있는 깃털이었다. 그는 그녀와 함께 모든 것을 할 수 있을 터였고, 그녀는 잠시 후에 그것을 인정하게 될 터였다. 그녀가 그토록 가벼운 한. 깃털처럼 가벼운 한.

그가 입을 떼더니 그녀의 얼굴에, 그녀의 이마에, 머리칼이 시작되는 부분에, 감긴 눈꺼풀에, 검은 눈썹에, 창백한 두 뺨에, 그리고 목에 재빨리 입을 맞췄다. 목에는 특히 길게. 입술과 치아 끝으로 하는 은밀한 입맞춤. 그는 자기 자리를 찾는, 자기 굴을 파는, 열중해서 굴을 파는 짐승처럼 머리로 그녀의 목을 연거푸 짧게 두드렸다. 그리고 그

녀는 계속하라고, 멈추지 말라고 말하려는 듯 손가락으로
그의 머리칼을 움켜잡았다. 그가 그녀를 깨물고 그녀의 피
부 위에 흔적을 남기도록 그의 머리칼을 움켜잡았다. 그녀
는 초조함과 만족감에서 우러나오는 안도의 신음소리를
냈다. 쾌락을 통해 마침내 되찾은 호흡을 가다듬으며 신음
했다. 쾌락의 소리를 냈다. 그의 몸짓에 응하는 것처럼, 다
시 살기 시작한 것처럼. 그와 동시에 그녀는 자신의 모든
것이 솟아오르기를, 지금 이 순간 모든 것이 터져나오기를
원했다. 지금 그녀는 자신의 성기 속에서 그의 성기를 느
끼고 싶었다. 그녀는 그 쾌락을 원했다. 그것을 되찾고 싶
었다. 그녀를 두드리고, 그녀를 부수고, 쾌락을 제외한 모
든 것에 대한 기억을 상실한 한 남자를 되찾고 싶었다. 살
아남고, 존속하고, 쾌락을 되살리고 싶었다. 그녀는 손가
락 끝으로 그의 파란 셔츠를 열었다. 조그만 진주 단추를
풀었다. 그는 몸을 펄쩍 일으켜 세우고는, 물에 뛰어들었
다가 다시 수면 위로 올라가는 사람처럼 그녀에게서 떨어
졌다.

  그리고 급작스러운 침묵.

급작스러운 마주 봄.

그들은 다시 마주 보고 앉았다. 그의 유리잔이 바닥에 엎어져 있었다. 연보랏빛 양탄자 위에 백포도주 잔이 떨어져 있었다.

그는 더 원하지 않는 건가? 그는 그녀에게 요구할 것인가? 통속적이고 범속하게도 그녀에게 에이즈 검사를 요구할 것인가? 자기 아내에 대해 이야기하고 몇 시에 떠나야 하는지 이야기할 것인가? 그녀가 왜 이렇게 야위었는지 물을 것인가? 마침내…… 라고 그가 그녀에게 말할 것인가? 이 일탈의 순간…… 단둘만의 일탈…… 마침내…… 짐도 없는 두 연인이 로코코 스타일의 방 안에서…… 마침내.

하지만 그는 아무 말도 하지 않았다. 그는 그녀를 쳐다보기만 할 뿐 아무 말도 하지 않았다. 그녀는 신중하게 행동했다. 그녀는 환멸에 대해, 자부심과 품위에 대해, 자기애에 대해, 굴욕에 대해, 터무니없는 실패에 대해, 중요할 것 없는 경멸에 대해 준비가 되어 있었다. 그러므로 언젠가 그녀는 모든 것을 비웃는 법을 배워야 하리라.

그녀는 그를 돕지 않기로 결정했다. 어떤 질문도 하지 않고, 아무것도 암시하지 않고, 그의 생활에 대해서도 아무것도 알려 하지 않기로. 수 톤의 무게를 지닌 그녀 자신의 생활만으로도 충분했다.

그는 가까스로 얼굴을 숙였다. 가까스로. 머리칼이 그의 한쪽 뺨을 타고 흘러내렸다…… 머리가 길었기 때문이다. 그의 머리칼은 단정치 못하게 풀어헤쳐져 있었고, 울고 싶을 만큼 면도가 잘못된 그의 얼굴 위에 느슨하게 늘어져 있었다. 쉰 살 먹은 그의 이마 위에 흘러내린 금색 머리칼의 고백…… 그녀는 그에게서 도망치기 위해 한손을 그의 머리칼 속에 집어넣었다. 그녀는 그의 머리를 손으로 붙잡아 가슴에 꼭 끌어안고 싶은 욕망을 느꼈다. 그의 머리를 몸에 꼭 안고, 뺨에 얹고 싶었다. 지금 이 순간 그녀는 그의 작은 제스처에서, 그 안심시키는 행위에서 너무나도 큰 욕망을 느끼고 있었다. 그런 행위가 필요했다.

그가 얼굴을 숙이고 스스로 파란 셔츠의 단추를 풀었다.

자, 그가 말했다. 그 말 속에는 '제기랄'의 뜻이 포함되어 있었다. 당신은 나를 보러 올 거요. 제기랄. 당신은 날 보러 오고 싶을 거요. 제기랄.

시가를 피운 뒤에, 남자가 여자를 호텔로 데려온 뒤에, 그 남자가 술병을 딴 뒤에, 남자가 여자를 침대 위에 쓰러뜨린 뒤에 바로 이런 일이 일어난다. 조그만 진주 단추들. 제기랄.

지금까지 그가 이토록 그녀를 동요시킨 적이 없었다는 것을 그가 알아챌 수 있을까? 진주 단추 위에 놓인 그의 붉은 손가락들, 내리깐 시선 위를 덮고 있는 그의 머리칼, 그가 좋아하지 않지만 그녀에게 보여주려 하는 것들, 그가 원하지 않지만 그녀에게 제공하려 하는 것들. 그가 만들어낼 수 있고 만들어내고 있는 이 신뢰감…… 그것으로 충분할 것이다…… 그가 파란 셔츠의 단추를 풀지 않고 바지만 벗었다면. 성기만 꺼내 재빨리 맹목적인 사랑을 나눴다면. 그는 그럴 수도 있었을 터였다. 마침내 그가 셔츠를 벗었다. 그녀는 웃었다. 얼굴 전체로 그에게 웃어 보였다. 가벼운 행복감. 순간의 은총. 그녀는 그가 한없이 좋았다.

그가 좋아하지 않는 것들이 한없이 그녀의 마음에 들었다. 그의 상반신과 배, 어깨 여기저기에 나 있는 털들, 너무도 부드러운 동물성, 아무것도 조심하지 않아도 되는. 이 경탄할 만한 낯섦. 오로지 입맞춤만 나눴는데 그녀가 이래도 되는 것일까? 그녀가 그의 벗은 몸을 마주하는 것이 합당한 일일까? 그녀는 그에게 말했다. 누워요. 부드러운 말투로. 누워요. 그는 그녀의 말에 따랐고, 그녀는 그의 몸 위에 웅크리고 앉았다. 그의 몸 위에 너무나 가볍게. 그는 두 배의 무게를 느꼈으리라. 무게가 두 배가 되었으리라. 그녀가 그를 바닥에 쓰러뜨렸다. 그의 몸 위에 있는 그녀의 몸. 그의 얼굴 위에 있는 그녀의 얼굴. 그의 성기 위에 있는 그녀의 성기. 아직은 비밀스러운. 하얀 리넨 여름 바지 밑에 내밀어져 있는 미지의 그것. 그녀는 그의 몸 위에 앉아 한없이 부드러운 그의 상반신을 어루만졌다. 그녀는 이와 같은 것을 결코 본 적이 없었다. 그런 평온함을. 그녀는 손으로 그의 두 뺨 위를 거닐었다. 한쪽 그리고 다른 쪽. 그 위에 덮여 있는 솜털도. 그녀는 짧은 숨을 여러 번 내쉬었다. 복잡하게 생각하지 않고 코로 그의 냄새를 맡았다. 그녀를 이해하고 그녀에게 이름을 부여하는 그의 향기에 가까이 다가가려고 시도했다. 짭짤한 냄새와 시큼한 냄새가 혼합된 그의 땀냄새. 다림질한 속옷에서 나는 쇠풀 냄새. 성인 남자의 냄새와 어린아이의 냄새가 혼합된 그 놀라운 냄새. 그는 지금 무한히 다른 곳에 존재하고 있었다. 그 강력한 힘과 상처받기 쉬운 연약함. 갑자기 그녀는 예기치 못했던 강렬한 인상을 받았다. 어딘가에 도착했다는 인상을. 그래서 그녀는 감히 행동에 옮겼다. 그녀는 원피스 자락을 들어올렸다. 팔 위까지, 얼굴까지 걷어올려 벗어서 침대 옆 바닥에 떨어뜨렸다. 그녀는 브래지어를 하고 있지 않았다. 무슨 소용이 있을까. 그렇지 않은 척 거짓말을 하는 게 무슨 소용이 있을까. 그녀는 매끈하고 섬세했다. 스케치처럼, 아직 다 그려지지 않아 육체가 완전히 채워지지 않은 그림 속의 여자처럼. 그가 두 손으로 그녀의 목덜미에서 배까지 선을 그리며 애무했다. 여러 번. 손바닥을 펴고 손가락을 벌려 그녀의 목덜미에서 배까지. 그녀는 침뿌리였고 갈대였다. 그녀의 젖가슴이 시간을 붙드는 그의 손 밑에서 전율했다. 너무나 야윈 그녀를, 그녀의 가슴 아래에 있는 늑골을 느끼는 시간. 마치 죽음에서 도망친 여자 같은. 그러나 지금 그들은 그 어느 때보다 확신을 갖고 서로를 바라보고 있었다. 그가 바지 단추만 풀지 않았으므로. 지금. 그녀가 원피스를 허리까지만 걷어올리지 않았으므로. 지금 그들은 서로를 받아들이려 하고 있었다.

　그녀는 다시 한 번 그에게 입을 맞췄다. 아랫입술로 그리고 윗입술로. 천사의 자국처럼. 그의 턱 주변에. 재발견하기 위해 그에게 입을 맞췄다. 그의 입이 주는 느낌, 좀더 멀리 나아가는 힘. 그리고 그들 두 사람은 드러나지 않은 그들의 성기에 대해 생각했다. 그들의 입맞춤은 유예된 것, 잠복된 것이었다. 그녀가 그의 몸 위에서 부드럽게 움직였다. 그녀의 젖가슴이 그의 상반신을 살짝 스쳤다. 미지의 땅 위에 내밀어진 그녀의 젖가슴이 앞뒤로 천천히 움직였다. 그가 이런 행위를 좋아할지 그녀는 알지 못했다. 그녀는 그가 어떤 행위를 좋아하는지 알지 못했다. 그녀는 그를 동요하게 하고 그로 하여금 통제력을 잃게 하는 방법을 알게 될까? 그가 결코 잊을 수 없어하는, 그가 그녀 그리고 다른 누군가를 품에 안을 때 간직해둔 행위의 비밀들이 있을까? 그의 육체가 기억하지 않고는 뤽상부르 공원의 높은 철책을 결코 통과하지 않게 하는? 그보다 앞선,

의식 이전의, 기억을 찾고자 애쓰기 이전의. 그는 그녀의
육체를 얼마나 알고 있을까.

　그가 두 손으로 그녀의 허리 아래쪽과 등을 스치듯 어루
만졌다. 그녀는 그의 등을 정말 좋아했다. 그 역시 그녀의
등을 좋아할까? 그녀의 허리에서 엉덩이로 이어지는 곡선
에 있는 작은 상처도? 그가 그녀를 애무하고 있나? 마침
내 완전히 알몸이 되기를 기대하면서? 아니면 그는 그녀
를 알고자 하는 아주 작은 욕망을 갖고 있을 뿐일까?

　그녀가 그의 이마에 입을 맞췄다. 여자 같은 그의 머리
카락이 뒤로 물결쳤다. 그녀는 볕에 그을린, 넓은, 볼록 튀
어나온 그의 이마에 입을 맞췄다. 이 이마 뒤쪽에 지금까
지 살아온 그의 삶이 모두 들어 있다. 어머니의 뱃속에서
부터 이 8월의 어느 오후까지. 어린시절의 기록들, 거절,
충동, 실패, 그리고 모든 꿈들이 들어 있다. 그가 의지했던
사람들. 그를 보호해주었던 사람들. 공유하고 질투하며 간
직했던 꿈들. 구원의 꿈들. 그리고 찬란했던 유토피아들.

그녀는 그의 손가락들이 자신의 엉덩이에 와 닿는 것을 느꼈다. 그녀의 현絃을 미끄러지는 손가락들의 솜씨 좋은 움직임. 그는 자주 그렇게 해야 했다. 하나의 습관처럼, 의무적으로 통과해야 하는 어느 지점처럼. 한 여자의 현을 미끄러져 가야 했다. 그녀는 몸을 일으켜 자리에서 일어나 그를 내려다보는 자세로 우뚝 섰다. 너무 푹신한 매트리스 위에. 그는 두 다리를 벌린 채 그대로 가만히 누워 있었다. 한 남자를 지배하는 것은 아마도 이런 것일 터였다. 그녀는 그의 마음이 너그러운 상태인지 아니면 다급한 상태인지 알지 못한 채 위에서 그를 바라보았다. 한 남자를 지배한다는 것은 아마도 이런 것일 터였다. 하지만 그녀는 두려움의 나라에서 온 사람이었고 그 두려움이 그녀를 결코 놓아주지 않으리라는 것을 알고 있었다. 만약 그녀가 위험에 대한 절대적인 본능을 발휘해 도망쳤다면, 그녀의 육체 속에는 늘 사냥꾼이라는 존재가 살았을 것이다.

그녀는 그에게서 눈을 떼지 않은 채 자신의 현을 팽팽히 당겼다. 다리를 벌리고 있는 그는 거대했다. 그의 배, 그의 상반신, 그의 어깨는 마치 난파당한 고래를 연상시켰다.

불가피한 존재로서 지금 그는 너무나 충만했다. 그건 피할 수 없는 일이었다. 그녀는 침대 위에 앉았고, 그는 옷을 벗기 위해 몸을 일으켰다. 그녀는 다리를 모은 채 몸을 웅크리고 무릎 위에 턱을 괴었다. 그 진실의 순간에 그녀는 그를 바라보았다. 그 진실이 그녀를 전율하게 했고, 그녀의 성기를 고통에 젖게 했다. 그녀의 손이 장딴지를 꽉 움켜쥐었다. 그녀는 그를 원하지 않는 상태에서 얼굴을 찌푸렸다. 기다림의 작은 비죽거림. 초조한 배반. 그녀는 무릎 위에 머리를 얹고 눈을 감았다. 그녀의 육체가 긴장했다. 그녀는 그의 바지가 열쇠와 동전 달그락거리는 소리를 내며 바닥으로 떨어지는 소리를 들었다. 남자들의 바지 주머니는 언제나 너무 무겁고, 변형되어 있고, 깊이를 알 수 없다. 그가 휴대폰을 끄는 소리가 들렸고, 한순간 그녀의 심장이 멈췄다. 휴대폰이 차단되었다. 본격적인 장면이 시작되기 전에. 바깥세상이 그를 불러도 소용없도록. 쾌락 후에 그 조그만 상자 안에서는 어떤 말들이 그를 기다리고 있을까. 친숙한 목소리들, 소환과 회한. 당신을 기다리고 있어요. 이 얼마나 상투적인가. 당신 잊지는 않았겠죠?

그녀는 몸을 오그린 채 가만히 있었다. 몸을 닫은 채. 알몸이 되는 그 순간에. 침대는 아직 흐트러지지 않았다. 웅크리고 닫은 채. 갑작스러운 닫힘. 불현듯 그가 강조된 첫 발자국을 뗌으로써 욕망을 표출했다. 그녀의 모습이 거울에 포착되었다. 그녀는 고개를 들고 팔다리를 벌려야 한다는 것을 알고 있었다. 그러나 갑작스러운 마비가 찾아왔다. 그토록 여러 번 겪고 학습된, 오르가슴으로 이어지는 기계적인 동작을 행할 수가 없었다. 그녀는 실패와 고독에 대한 두려움을 느끼며 거울 속에 붙들려 있었다. 그가 자신을 찾아오기를 바라며 거울 속에 붙들려 있었다. 그런데 그가 오지 않는다면? 그녀는 계속 거기 머물러 있을 것이다. 모든 것이 끝난 뒤에. 그녀는 거기 머무를 것이다. 그 시초의 행위에, 그 멈춤과 중지에 머무를 것이다. 그리고 그 역시 그녀에게 머무르리라. 영원한 미지의 존재로.

그가 그녀의 얼굴을 들어올리지는 않고 그녀의 머리 위에 손을 얹었다. 그는 자신의 손가락 끝이 받침점이라도 되는 듯 손끝에 약간 힘을 주어 그녀의 머리를 부드럽게 문질렀다. 아무 말도 하지 않고 오랫동안 문질렀다. 말없는 부드러움 말고는 아무것도 없었다. 그녀는 양 어깨에서 힘이 빠져나가는 것을 느꼈고 두 손이 발목을 떠나는 것을 느꼈다. 그녀는 뒤로 넘어졌고 그녀의 몸이 길게 뉘어졌다. 그가 그녀의 몸 위로 천천히 다가왔다. 그의 무게. 그의 이중의 무게. 그가 그녀에게서 떨어졌다. 그녀는 소리가 나기를 원했으리라. 그의 몸이 자신의 몸 위로 다가오는 것이 물 쏟아지는 소리 같기를 원했으리라.

그녀는 그의 성기가 그녀 속으로 들어오기만을 원했다. 그 적나라한 행위, 그 최초의 진실 외에 다른 것은 필요치 않았다. 그녀는 다리를 벌렸다. 그녀는 그에게 범해지지 않았다. 그녀는 그와 무관했다. 그가 그녀에게 다가왔고, 그녀는 너무나 동그랗고 너무나 부드러운 그의 페니스 끝이 그녀에게 들어와 그녀의 뱃속을 꽉 채우며 머무는 것을, 그 은신처를 갈망하는 것을, 그 이상적인 거처를 파고 드는 것을 느꼈다. 그는 우선 천천히, 신중하게 페니스를 좌우로 흔들었다. 물기와 피로 가장자리가 둘린 채 부풀어 오른 그녀의 성기 속에서 신중하고 부드럽게 몸을 흔들었다. 견딜 수 없는 긴장 속에서, 탐험되지 않은 모든 가능성

속에서, 도취와 일치에 대한 약속 속에서 부드럽게. 그녀는 그의 페니스의 길이와 활기, 유연함과 딱딱한 정도를 느꼈다. 그 격동과 발기를. 선물과도 같은 발기를. 이제 그는 위안을 찾으며, 불안해하며, 쾌락을 추구하며, 쾌락을 미루며, 그녀의 뱃속을 뒤엎으며 좀더 빠르게 움직였다. 스스로를 제어하면서, 그러나 좀더 빠르게 앞뒤로 몸을 흔들었다. 경주는 지연되고, 격정으로 인해 제멋대로 날뛰는 통제력은 여자의 리듬에 합치되었다. 그녀는 목구멍 깊은 곳에서 신음을 토해냈다. 그녀는 울부짖지 않으려고 애썼다. 한 남자의 뜻에 몸을 맡기고 받아들이려고 애썼다. 한 남자에게 붙잡히고, 함락되는 것을 받아들이려고. 받아들이고, 넓적다리를 벌리고, 헐떡임을 토해내고, 울부짖고, 애원하고, 몸을 휘고, 굴복하고, 흐름에 몸을 맡기려고. 한편 그는 그녀 속에서 점점 더 세게 몸을 움직였다. 그러나 속도가 더 빨라지지는 않았다. 서두르지는 않았다. 아직은 아니었다. 아직 최고조로 치닫지는 않았다. 그녀는 눈을 뜨고 그녀의 몸 위에 있는 그의 넓은 어깨를 보았다. 그 어깨는 그의 목에서, 그녀의 몸 위에 있는 그의 고집스러운 육체에서 솟아나와 있었다. 이 남자에 의해 뚜렷이 증대된 쾌락. 남자의 이 총체. 그녀의 몸 위에 있는 남자라는 이 산. 그리고 그녀는 그의 외침을 들었다. 그녀가 더 이상 붙잡아둘 수 없는. 해방감, 맹렬함, 외설스러움, 진실, 찢긴 생명, 바닥에 떨어진 수치심을 토해내는 외침을. 그의 외침은 그녀의 몸 바깥으로 터져나왔고, 천장에 부딪혔고, 하늘을 향해 던져졌다. 생명의 앙갚음, 고통의 고갈, 굶주린 생명, 살고자 하는 열망. 황량한 그의 외침은 불가해함에, 이해받지 못하는 것에 속해 있었다. 그는 그런 것에 어울리는 사람이었다. 그는 그녀 속에서 빠르게 움직였다. 그러나 그녀를 되찾기에는, 그녀와 동행하기에는 너무 빨랐다. 그의 신음소리가 다시, 또다시 크레센도(음악용어. '점점 강하게' 라는 뜻─옮긴이)로 진행되었다. 그는 그녀와 함께 나아갔고, 점점 커져가는 탄식 속에서 격렬히 움직이면서 그녀를 떠나지 않았다. 그는 온 힘을 다해 페니스로 그녀의 몸속을 두드렸고 고환은 그녀의 엉덩이를 때렸다. 그는 그녀와 함께 도처에 있었다. 마침내 그녀는 길게 울부짖었다. 그것은 종래 전혀 알지 못하던 노래였고, 전혀 알지 못하던 강렬함이었다. 그녀의 자부심과 수치심은 추월당하고, 굴복되고, 손상을 입었다. 이런 마음의 고통 후에, 그녀는 세상의 질서 속으로 돌아왔다. 눈부시게 피어나고 어리둥절한 채로. 그리고 그가 거기에 있었다. 그의 얼굴이 그녀의 얼굴 위에 있었다. 침대를 짚고 있는 그의 두 팔이 보였다. 이제 그의 눈의 색깔을 찾고 있는 건 그 자신이었다. 그녀는 그에게 너무나 적은 것을 준 것을, 해방된 여자인 채로 가만히 있은 것을 후회했다. 놀랐다가 이내 안도한 그녀는 그를 바라보았다. 당신은 어때요? 그녀는 희미한 입속말로 그에게 물었다. 그는 대답하지 않았다. 단지 미소만 지었다. 너무나 섬세한 윤곽을 그리고 있는 그의 입술 위에 미소가 피어났다. 그가 팔 아랫부분으로 이마를 문질렀다. 망아지처럼. 다음 순간 그의 시선이 그녀에게 돌아왔고, 그는 이 순간이 오랫동안 지속되기를 원한다고 그녀에게 말했다.

그들은 그렇게 머물러 있었다. 서로 몸을 끼운 채. 짐을 실은 채. 두 성기에 의해 접착된 채. 뒤이어 찾아오는 고요함. 그들 자신에 대한 확신. 그들이 서로 믿고 의지할 수 있으리라는 기이한 예감. 그들은 몸을 마주 대고 상대방의 몸속에 자신의 몸을 밀어넣은 채 말없이 누워 있었다. 때때로 그는 몸을 움직이지는 않은 채 희미하게 웃으며 그녀의 뱃속에서 성기를 들어올렸다. 그러면 그녀는 행복감에서 우러나오는 작은 웃음소리를 내며 눈을 감았다. 그건 얼러주면 깔깔대며 즐거워하는 어린아이의 웃음소리였다. 그는 그녀를 돌보았다. 그녀를 떠나지 않기 위해 자신의 쾌락을 지연시키며 거기에 그렇게 있었다. 그리고 그들은 다시 빗소리를 들었다. 방은 어둠에 잠겨 있었고, 바깥의 하늘은 무거운 구름이 드리워져 마치 잉크를 엎지른 듯 검었다. 소나기가 위협하듯 도전적으로 쏟아지고 있었고 그들 위에 드리워진 커튼은 덧없었다. 갑자기 그녀는 슬픈 기분을 느꼈다. 너무 좋은 상태여서 슬펐다. 갑자기 이 남자와 함께 안전한 곳에서 보호받고 있다는 기분이 들었다. 그녀는 한 손을 그의 얼굴 위에 얹었다. 하지만 그 행동은 아무것도 방해하지 않았고, 그녀는 침대 위에 얹힌 구겨진 매트리스 위에 머리를 묻었다. 그리고 쾌락을 느낄 때만큼이나 큰 소리로 오열했다. 그를 원하지 않은 채 그의 페니스를 자신의 뱃속에서 빼내면서. 그녀는 오열을 감추기 위해, 온통 찌푸린 끔찍스러운 얼굴을 보이지 않기 위해 몸을 움츠렸다. 죽기를 원치 않는 그 고통. 한편 그는 꼼짝 않고 그녀를 기다렸다. 뤽상부르 공원의 산책로에서 그녀를 기다렸던 것처럼. 말없이, 인내심 있게, 그러나 염려하면서. 감히 작은 몸짓을 하거나 움직이지도 못한 채. 등을 돌리지도 못한 채 그녀를 조용히 내버려두었다. 혼자 있도록 내버려두었다. 지금 그는 그녀가 너무 오랫동안 울고 있다는 것을, 웃음 속에서, 쾌락 속에서, 입맞춤들과 포도주 잔들 속에서 울고 있다는 것을 알고 아연실색하여 얼어붙어 있었다. 그녀는 줄곧 우아함과 세련됨으로 가장된 슬픔을 울고 있었다. 미소와 높은 구둣굽에 감춰진 슬픔. 그무엇으로도 저지할 수 없는 슬픔. 그는 그녀에게 무슨 일이냐고 물었다.

그녀는 침대에서 빠져나왔다. 고통스럽게, 거의 기어서. 상처 입은 동물처럼, 부상을 입은 군인처럼 침대 밖으로 미끄러져 나왔다. 그녀는 조금 비틀거렸다. 침대 밖으로 나와 서자 조금 현기증이 일었다. 빗줄기가 포도鋪道를 두드리고 있었다. 바깥의 작은 신호들, 시간의 흐름, 비 내리는 8월 18일의 권태. 그녀는 유리잔, 옷, 신발들을 피해, 무질서를 피해, 맨발로 연보랏빛 양탄자 위를 걸어 방을 가로질렀다. 그리고 욕실로 들어갔다.

그녀는 욕조 속으로 들어가 그 안에서 몸을 움츠렸다. 그리고 뜨거운 물을 틀었다. 목덜미와 등과 얼굴에, 뜨거운 물을 맞았다. 등에는 특히 오랫동안. 눈을 감고, 자신이 기대했던 이 안락함에 집중했다. 그러나 긴장감은 완화되지 않았다. 오르가슴은 그녀를 생명력에 좀더 많이 노출시켰을 뿐이다. 그녀는 자신이 예전에…… 예전에…… 예전에…… 쾌락 이후에 마치 연약한 소녀처럼 잠들어버렸던 것을 기억해냈다. 가벼운 정신, 만족한 육체. 전에 그녀는 오후에 낮잠을 자곤 했다. 눈을 감고, 기분 좋은 상태로. 공격딩하지 않고, 쫓기지도 않는 상태로. 예전에 그녀는 아무것도 기다리지 않았다.

그녀는 그가 어떻게 반응할지 알지 못했다. 상세르(프랑스 루아르 지방에서 생산되는 백포도주. 단맛은 없고 신선하고 쌉쌀한 맛이 난다.─옮긴이) 포도주 병이 놓인 테이블 위에 한마디를 남길까? 친절하고 신중하지만 명확한 한마디를? 찌푸린 얼굴을 보이고 히스테리컬한 울음소리를 내는 것, 그건 사람들이 다시 만나고 싶어하는 여자가 할 행동이 아니다. 사귀어볼수록 좋은 여자라고 인정받는 타입의 여자가 할 행동이 아니다. 남자들이 정부情婦로 삼고 싶어하는 타입의 여자가 할 행동이 아니다. 그렇다. 한마디를 남길 것이다. '뤽상부르 공원'이라는 호텔 이름이 인쇄된 종이 위에 친절한 말 한마디를 남길 것이다. 그리고 그녀는 다시는 그를 만나지 못할 것이다. 결코 그의 시선을 마주하지 못할 것이다. 그녀가 얼마나 쾌락을 느꼈는지, 그녀가 얼마나 울었는지, 그녀가 얼마나 야위었는지 그리고 긴장했는지 보았기 때문에 잘 알고 있는 그의 시선을. 그의 시선은 그걸 알고 있었고, 쾌락 없이, 위안도 없이 제자리로 돌아갔다. 그럼에도 불구하고 저 방은 얼마나 우아한가. 이 대실패를 폭로하지 않기에는 얼마나 우아한가. 그녀는 방 안에서 바지 벨트, 동전, 열쇠 소리가 나는 것을 들었다. 그렇다. 그가 방에서 나가려 하는 것이다. 머리를 높이 쳐들고, 친절함 따위는 보이지 않은 채 나가려는 것이다. 뛰지 않고, 남자의 얼굴을 보이며 빗속으로 나가려는 것이다. 아마도 두 번째 시가가 미니바 근처 바닥에 떨어져 있겠지. 조용히 그리고 외롭게. 그녀가 욕실 문이 열리는 소리를 듣고 고개를 들었다. 그랬다. 그는 여전히 옷을 벗고 있었다. 성기는 아무렇게나 늘어져, 마치 조각상의 죽은 성기 같았다. 그가 그녀에게 다가왔다. 발톱을 깎지 않은 그의 발이 그녀의 시야에 들어왔다. 자신의 몸을 보호하기 위해 발톱을 세우는 짐승 같은. 그의 몸에 난 털들은 땀과 소금기와 시큼함으로 뒤범벅되어 있었다. 그녀는 자신이 그를 자기 안에 받아들였던 것을 떠올렸다. 그 기억은 그녀의 머릿속에 각인되어 있었다. 그의 손가락의 느낌이 뚜렷한 자국으로 남아 있었고, 남자의 향기가 아직도 생생했다. 아침부터 시작해서 시간이 흐를수록 그의 피부 냄새, 남자의 땀냄새가 그녀 주변을 맴돌았다. 그리고 지금 이 순간, 이 호텔에서는 그의 촉감이, 그의 향수 냄새와 그의 두려움이 그녀 주변을 맴돌았다. 자신들의 향기를 알지 못한 채 그들은 습관의, 시간의 발자취를 뒤섞기 위해 서로 몸을 맞대었다. 그리고 그녀는 그의 정액을 원했다. 그의 정액의 맛과 냄새를 원했다. 그것이 무질서하게 분출하는 모습을, 그 혼돈을 보고 싶었다. 그녀는 그에게 손을 내밀었고, 그는 욕조 안으로 들어왔다. 좁은 욕조 안에 끼어 앉자 그는 더욱 거대해 보였다. 그녀는 조금 웃었고 그는 미소를 지으며 눈을 들어 허공을 바라보았다. 그 작은 교태는 그에게 그렇게 하는 습관이 있다는 것을 말해주었다. 이런! 그는 터무니없는 습관을 갖고 있었다.

그녀가 샤워기의 물을 틀고 그의 성기를 자기 입 안에 집어넣었다. 그의 느낌이 났다. 그녀는 그의 성기를 빨면서 자기 자신을 빨았다. 그녀는 자신의 입으로 그의 성기를 씻어주었다. 그러자 그의 페니스가 딱딱해지면서 움찔했다. 그녀는 굳이 오랜 시간을 들여 그의 페니스를 음미하지 않기로 결정했다. 그래서 그의 성기를 목구멍 아주 깊은 곳까지 박아넣은 다음 혀로 고문했다. 혀끝으로 천천히 고환을 핥고, 그것이 슬픈 보석처럼 변해가는 것을 느꼈다. 견디기 힘든 쾌락의 돌멩이들. 오, 혀의 움직임에 따라 그의 성기가 그녀의 양쪽 볼 안에서 얼마나 감미로워지는지. 그녀는 그를 빨았다. 그의 페니스 끝을 동그랗게 모은 입술 사이에 넣은 채. 타는 듯한 육체의 압박은 사랑의 춤이 되었고, 그의 털에서는 젖은 이끼가 달라붙은 작은 나무나 히스(에리카속屬의 떨기나무—옮긴이) 향기 같은 좋은 냄새가 났다. 그녀는 그의 페니스를 좋아했다. 그녀는 그것을 점점 더 좋아했다. 그녀는 그것이 필요했고 그것을 원했다. 그녀는 그의 페니스를 핥고, 그것을 다시 붙잡고, 핥고, 빨아들이고, 그것에 입을 맞췄다. 그것이 정액으로 반질거리는, 앞으로 내민 붉은 입술의 욕망에 도취하여 앞뒤로 왔다갔다하게 했다. 그의 정액이 페니스를 따라 그녀의 입 속으로 흘러들었다. 그 흐름, 그 다급함. 그가 숨을 헐떡거리더니 처음으로 입을 열었다. 언제나 단 하나의 말로 귀착되는 몇몇 단어를 입 밖에 냈다. 좋아, 오, 좋아. 그래, 계속해. 오, 그래. 계속해! 그는 그녀에게 '그래'라고 말했다. 그리고 그녀는 그의 피난처가 되었다. 그녀의 입 속에 피신한 그의 성기. 그녀는 자신의 쾌락을 위해 그것을 빨아들였다. 그녀는 스스로를 제어했고, 페니스 속에, 벌거벗은 작은 그 공간 속에 온통 담긴 남자는 고개를 늦추면서, 중심을 잃으면서 황홀감에 빠져들었다. 계속해. 오, 그래. 계속해! 그녀가 그의 페니스를 핥으면서 빙그레 웃기 시작했다. 크나큰 고마움을 느끼면서. 이 남자의 몸을 빨아들이는 것은 하나의 보상이었고, 그것은 인생을 통틀어 매우 급작스러운 기쁨을 그녀에게 안겨주었다. 그 기쁨은 그녀의 입과 목구멍 속에 밀집된 이 쾌락 속에 내포

되어 있었다. 그녀는 그것을 붙잡아 앞뒤로 왔다갔다하게
했다. 그녀가 그의 성기를 빨 때 나는 작은 소리들이 그의
신음소리와 욕조의 물소리에 섞여들었고, 더운물은 계속
해서 흘러 리듬에 맞춰 찰랑거리는 느린 애무처럼 그의 신
음소리를 덮어버렸다. 익명의 욕실 안에서 나는 폭포와도
같은 물소리는 대범한 공범자처럼 동반하면서 이 유희 속
에서 일상적인 성행위와 뒤섞이고 있는 그들의 공모를 폭
로했다. 그것은 그들의 행위에 수줍은 기쁨의 색조를, 쏟
아지는 물소리로 인해 진정된 새로운 경쾌함을 부여했다.
이제 그들의 육체는 맑고 뜨거운 물속에 온통 잠겼고, 그
의 성기는 춤을 추듯 펄럭이고 있었다. 그녀는 잿빛에 가
까워진 그의 두 눈을 잠시 바라보았고, 되찾은 젊음의 짧
은 폭발 속에서 그에게 웃어 보였다. 그녀는 두 손으로 그
의 엉덩이를 감싸안았고, 활기찬 영감을 느꼈다. 그녀는
그의 페니스를 다시 입 속에 넣기 위해 물속에 머리를 담
갔다. 그는 조금 웃었다. 놀라움 때문에, 크나큰 기쁨 때문
에. 그는 누가 처음 그것을 제안했는지, 그녀인지 그인지
자문하면서 구강성교가 가져다주는 숨막히는 느낌을 받아
들였다. 그러나 그녀는 되돌아갈 거라는 것을, 숨을 조금

들이마시고 다시 출발하게 될 거라는 것을 알고 있었다. 그는 그녀의 머리칼이 물속에서 마치 해초처럼 나부끼는 모습을 물끄러미 바라보았다. 그는 숭배과 복종 속에서 동그랗게 말린 그녀의 등을 보았고, 그 포기와 호의와 고통과 상실과 연약함과 기쁨을 다시 받아들였다. 그리고 그녀의 입 속에서 기쁨을 느꼈다.

그녀는 부드럽게 몸을 일으켰다. 싸움에서 이긴 자의 겸손함으로. 그리고 완성된 달콤한 쾌락 속에서 그를 바라보았다. 그의 정액이 그녀의 입술 가장자리로 흘려내려 그녀의 턱을 간질였다. 그녀는 긴 다리를 몸 양쪽으로 쭉 뻗은 채 욕조 속에서 그를 마주하고 앉았다. 한쪽 발로 수도꼭지를 잠그고 한쪽 손으로는 머리카락을 가다듬었다. 그런 다음 손가락으로 매끄럽고 하얀 진주알들(욕조의 물속에 흩어진 정액을 의미함―옮긴이)을, 반짝이는 풍요한 그 진주알들을 집어 입으로 가져갔다. 그것들이 녹아 없어지거나 굳어버리기 전에. 지금 그들은 서로 마주 보며 웃고 있다. 그들은 속박에서 벗어났고, 행복했다. 서로를 되찾으러 떠나고 싶은 격렬한 욕망으로 덤벙거리며 즐거워했다.

그들은 전혀 심각하지 않은 표정으로 서로를 바라보며 잠시 침묵한 채 그대로 있었다. 그가 그녀에게 말했다. 조금 질투심을 느끼고 조금 황홀해하면서. 그가 그녀에게 말했다. 그녀는 남자들을 바보로 만들어버린다고.

그녀는 미소를 거두고, 시선 속에 먼 고통을 심었다. 그녀 코의 반듯한 측면에 신경질적으로 주름이 잡혔다. 그녀가 대답했다. 그래요, 그래요, 그래요. 나는 남자들을 바보로 만들어요. 오, 당신 대체 어디까지 알고 있는 거예요! 그녀는 조금 웃었다. 비참하고 씁쓸한 작은 웃음이었다. 그리고 침묵하는 몇 초 후, 살짝 비켜가기와 드러내기 사이에서 고민하는 몇 초 후, 그녀는 그에게 말했다. 내 남편…… 바보, 그래요…… 의사들이 나에게 당신을 강제로 감금하는 데 동의한다는 사인을 하라고 요구했어요. 편집증적 망상의 발작에 뒤이은 강제 감금. 이해하겠어요? 하지만 내가 사인하지 않았다는 것 당신 알죠? 정신병원에 감금된 남자와 이혼하는 건 불가능하니까요. 알겠어요? 그 지옥에서 도망치는 게 불가능해지니까요. 나는 이혼하기 위해 사인하지 않았어요. 난 사인하지 않았어요.

그래서 지금 그는 이렇게 있을 수 있는 것이다. 아이들을 봤어요. 그애들은 공포에 질려 떨고 있었죠. 난 사인하지 않았어요. 나 배고파요. 룸서비스가 될까요? 아니, 나가 요. 바깥으로 나가는 게 좋겠어요.

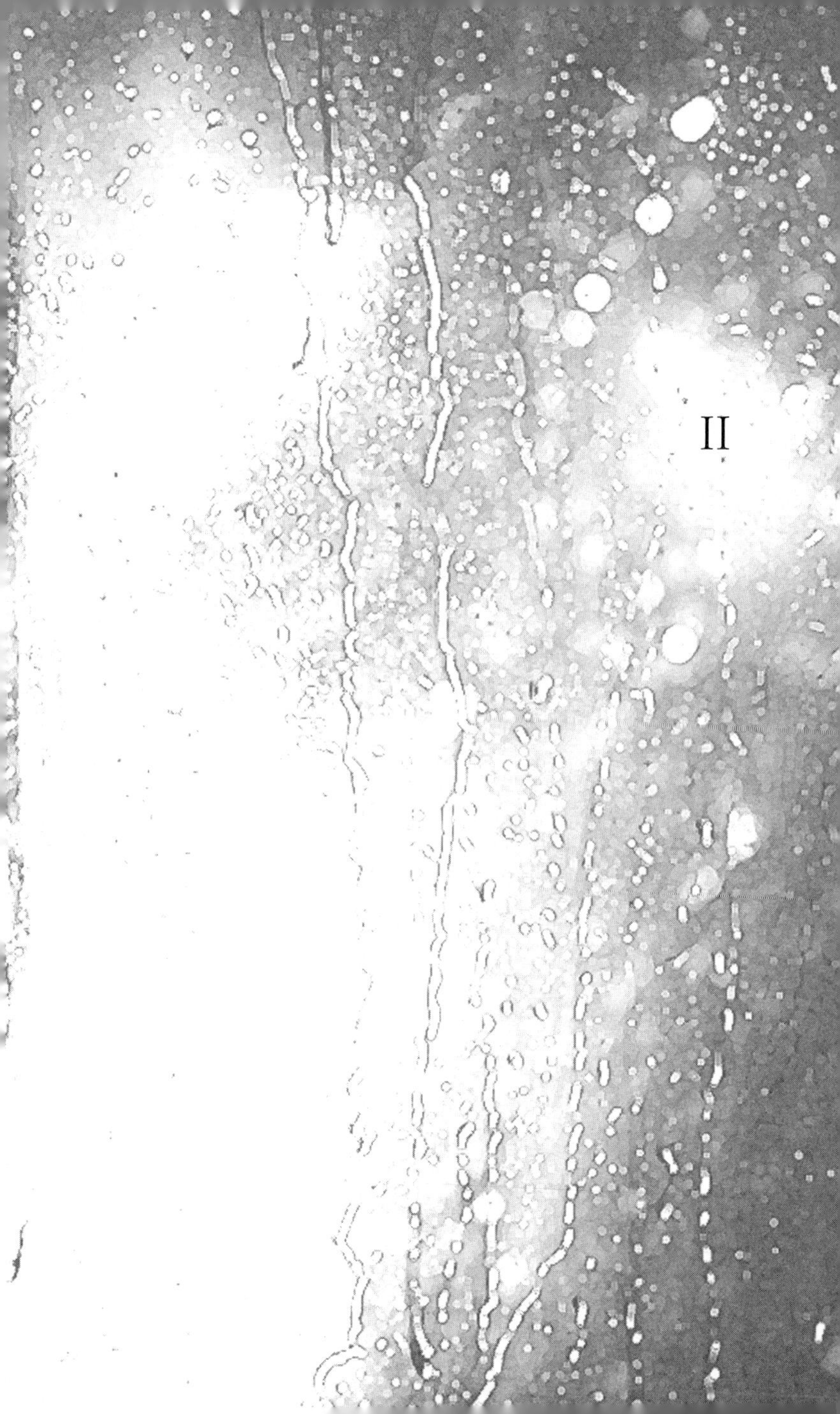
II

바깥의 하늘엔 번개가 치고 있었고, 보도는 몹시도 뜨거웠다. 녹아내린 콘크리트 냄새가 젖은 흙냄새와 뒤섞여 풍겨왔고, 길의 습기가 하늘의 섬광과 극명히 대조되고 있었다. 그것은 중간지대였다. 여름의 뇌우雷雨, 계절의 전복. 시간은 거꾸로 돌아가는 것 같았고, 낮이 흘러갈수록 빛은 거칠어져갔다.

해가 떠 있음에도 불구하고, 점심 식사 시간 이후임에도 불구하고 길에는 사람이 없었다. 파리에는 관광객들이 없었다. 파리는 자기 주민들을 기다리고 있었다. 도시는 그렇게 버려진 채로 다른 뭔가가 되어버린 것만 같았다. 도시는 썰물 때 바닷물이 빠져나가듯 후퇴해 있었다. 존재하기를 완전히 유보하고 있는 듯했다.

그들은 호텔을 나와 그들 자신과 다른 존재들이 되었다. 서로를 알고 있지만 거의 아무것도 의식하지 않고 있었다. 그들은 조금 대담해져 있었다. 하지만 그건 좁은 욕조 안에서 슬픔과 기쁨을 느끼고 유희를 했기 때문이었고, 그 최초의 희열이 격발한 뒤 그들 두 사람의 육체의 미래가 가능해졌기 때문이었다. 여전히 물기를 머금고 있는 그들의 옷은 더 이상 그들을 성가시게 하지 않았다. 그것은 쓸데없는 여분의 피부일 뿐이었다. 구겨진 그들의 옷은 그들의 공모관계를, 그들이 지금 상대방에 대해 알고 있는 모든 것을 보여주고 있었다. 그들은 강렬한 욕망과 수치심, 벌거벗은 듯한 기분을 느꼈다. 파란 셔츠, 하얀 바지, 원피스, 검은 구두는 그들을 무고함과 대담함에 결합시키고 있었다.

그들은 무슈 르 프랭스 거리 쪽으로 갔다. 그녀는 스시가 먹고 싶었다. 요즘 그녀는 그것만 먹었다. 날생선 약간과 차가운 밥으로 만든. 하지만 지금 그녀는 정말로 배가 고픈 게 아니었다. 하지만 감히 그 사실을 그에게 고백하지 못했다. 왜냐하면 아까 그녀가 더없이 즐거운 어조로 뭔가 먹고 마시고 싶다고 그에게 말했기 때문이었다. 그에게, 그에게 이렇게 말했기 때문이었다. 당신도 먹어야 해요. 친숙할 수도 있었을 그 명령. 하지만 그 말은 조금 어색한 존중과 함께 입 밖에 내어졌고, 어쨌든 하나의 배려가 되었다. 그것은 상냥함의 시작이었지만 아직은 그를 겁먹게 하는 면이 더 많았다. 그녀가 먹어야 한다는 이 불가능성, 힘겹게 그렇게 하는 것, 음식물을 삼킨다는 것, 음식을 그녀의 몸 안에 넣고 소화시키는 것. 이 무기력함을, 이 식욕부진을 어떻게 그에게 이해시킬 수 있을까? 어떻게 하면 변명을 멈출 수 있을까? 아뇨, 됐어요. 난 배고프지 않아요. 그 걱정스러운 충고에 어떻게 대답해야 할까? 당신도 먹어야 해요. 그래서 그녀는 스시를 먹자고 제안했다. 때때로 그녀가 그것을 먹으러 갔기 때문에. 가끔 그것은 먹을 수 있었기 때문에. 물론 그녀는 길에서 토할 때도 있었다. 아무것도 먹지 않았는데도 토했다. 가장 최근의 경우는 가장 수치스럽고 용납할 수 없는, 믿을 수 없는 과실이자 실수였다. 아들을 학교에 데려다주는 길에 토했던 것이다. 다섯 번이나. 그랬다. 그 짧은 거리를 가는 길에 다섯 번이나 연이어서. 그녀는 아들에게 말했다. 애야, 미안. 미안해. 그리고 다시 길을 갔다. 그녀의 눈에 눈물이 맺혔고, 극심한 구토감 때문에 배의 근육이 팽팽히 당겨져 고통스러웠다. 그리고 다른 학부모들 앞에서 창피했다. 그녀는 결코 그들과 같아질 수 없었다. 갑자기 그녀는 이방인, 사회적 처지가 다른 불청객이 되어버렸다. 사람들이 시선을 돌려버리는 엄마가 된 것이다.

그들은 오데옹 극장 앞을 지나갔다. 극장은 공사를 하느라 문이 닫혀 있었다. 파리는 공사 때문에 한껏 몸을 웅크리고 있었다. 뱃속에 바람을 넣고, 비밀스러운 수리를 받고, 약속된 개량을 하는 중이었다. 여름 동안의 휴경. 파리는 시즌 오프였다. 파리는 8월을 앓고 있었다.

그녀는 그의 손을 잡았다. 햇빛이 너무 강렬했기 때문에. 그녀는 그가 그녀의 손을 계속 잡고 있을 것인지 자문해보았다. 그는 사람들이 그들의 이런 모습을 보게 되는 위험을 받아들일 듯했다. 그러나 그의 몸짓은 부적절했다. 그것은 커플의 몸짓이었다. 그들은 둘이긴 해도 한 쌍은 아닐 터였다. 그녀는 그의 손을 놓았다. 그는 아무런 반응도 보이지 않았다. 그들은 서로에게 대체 누구인가? 감히 상대방의 이름을 입 밖에 내지 못하는, 점차로 쾌락에 흔들리고 싶어하는, 그러나 그 순간에 연기를 하고 있는 그들은? 그들은 누구인가?

그는 허기를 느꼈다. 그는 갈증이 났다. 그의 몸은 삶에 대한 필요에 의해 분출하는 생명력으로 가득 차 있었다. 그의 육체, 그 기적적인 구조, 그의 힘과 그의 콤플렉스들. 나는 결코 저 남자의 허리를 끌어안을 수 없으리라. 그를 팔로 감싸안을 수 없으리라. 그녀는 생각했다. 나는 절대로 그의 어깨에 머리를 얹지 못하리라고. 그가 그 단순하고도 본질적인 말을 하는 것을 그녀는 결코 들을 수 없을 터였다. 나 여기 있어. 걱정하지 마. 아마도 그녀보다 자유롭지 못한 여자들에게 할당되어 있을 그 말. 안심시켜주는 말. 그녀에게는 언제나 결핍되어 있을, 그리고 그녀가 결코 요구하지 않을 그 말.

대부분의 식당들은 문이 닫혀 있었다. 지금 몇 시지? 사람들이 대개 사랑을 나누는 시간으로 간주하는 시간은 몇 시지? 음식 먹는 일을 중단한 뒤 세상은 어떤 질서 속에 놓여 있는가. 그녀 세상의 축은 너무나 오래 전에 중심을 잃었다. 세상은 오래 전에 버럭 화를 냈고, 격노하여 난폭해졌다. 다른 사람들과 같은 시간을 살기 위해 해야 할 일들은 분명히 있었다. 하지만 그녀는 그것들을 무시했다. 그리고 지금 그들은 축축한 열기에 싸여 과도한 빛을 받으며 일본 식당의 진열창 앞에 서 있다. 그녀가 눈을 들어 그의 눈을 바라보았다. 이 현기증 나는 거리에서 하나의 기준점을 찾으면서. 바깥의 이 숨막힘. 그리고 그녀의 시선이 새로워졌다. 그녀는 그의 파란 눈에 붙들렸다. 검은 홍채 바로 위에, 천연 금괴처럼 노란 광채가 보였다. 그녀는 왜 뤽상부르에서 그것을 보지 못했을까? 이 광채는 햇빛 때문에 그렇게 보이는 것뿐일까, 아니면 그의 진실성에서 나오는 것일까? 그의 오래된 파란 두 눈 속에 햇빛 조각이 있었다. 다른 곳에서 주어진, 세기에서 세기를 지나온 이 조그맣고 노란 낟알. 놀라움, 광기, 빛 부스러기 두 개. 그의 시선 속에서 보리라고 기대하지 않았던. 그러나 그녀는 뤽상부르에서 보여준 대범함을 잃어버렸다. 첫 입맞춤의 대범함과 자발성을. 그녀는 감히 길에서 그에게 입맞추지 못했다. 그녀는 먹고 싶지 않다고, 공기가 너무 후텁지근하다고 말하지 못했다. 자신이 모든 걸 잊고 싶어한다는 것, 그의 육체 위에 자신의 육체를 으스러지게 누인 채 모든 걸 잊고 싶어한다는 것도.

작은 식당 안은 어두웠다. 여름의 햇빛으로부터 보호되고 있는 식당 안은 어슴푸레한 빛으로 가득 차 있었고, 오래된 튀김 냄새가 났다. 붉은 종이 램프들과 사과 튀김 사이에서는 엉뚱하게도 금칠한 작은 부처들이 웃고 있었다. 그곳은 잠든 식당이었다. 스시 진열창 뒤에 앉아 있던 주인 남자는 무기력과 나태에 찌든 모습을 하고 있다가 마지못해 그들을 맞이들이며 미소를 지어 보였다. 이곳은 예의범절을 벗어난 장소였다. 여기서는 피로함이 당연하다는 듯 예의범절의 자리를 차지하고 있었다.

어쨌든 그들은 자신들의 침묵을 받아들였다. 그들 사이에 흐르는 침묵을. 홀 안 구석진 자리에는 나이든 여자 한 명이 앉아 있었는데, 그 여자는 유모차 안에 잠든 어린아이를 들여다보며 야채 껍질을 벗기고 있었다.

그들은 마치 과묵한 농부 부부에게 맞아들여진 길 잃은
두 나그네 같았다. 그들은 색이 짙은 나무 테이블 앞에 앉
아 이야기도 나누지 않고 음식을 먹었고, 주인들의 일상은
여느 때처럼 계속되었다. 타인의 일상, 그들이 보내는 매
시간, 비바람 치는 어느 오후의 어긋난 리듬. 때때로 그는
그녀를 바라보았고 그의 시선은 하지 못한 질문들로 가득
했다. 충동이 그를 몰아댔고, 곧바로 수치심이 그를 제지
했다. 수치심 그리고 또한 두려움이. 왜냐하면, 만약 그가
알고자 한다면 그는 심연의 가장자리로 초대받기를 원치
않을 것이기 때문이다. 그는 고통받지 않으면서 알고 싶었
다. 화상을 입지 않고 이 여자에게 접근하고 싶었다. 그녀
가 그를 향해 미소지었다. 그녀는 그 모든 것을, 그가 요구
하지 않는 모든 것을, 그리고 그가 왜 그것을 요구하지 않
는지까지도 알고 있었으므로. 그가 지나치게 급작스러운
몸짓으로 자기 몫의 맥주를 마시더니 고개를 뒤로 젖혔다.
그녀에게서 떨어지고 싶어서 그러는 것처럼. 그리고 자신
의 자장磁場 밖으로 숨을 쉬고 맑은 공기를 조금 들이마시
듯 다시 약간의 알코올을 마셨다.

그녀는 그가 전화를 걸어줘서 놀랐다고, 또한 그가 약속을 수락해서 놀랐다고 그에게 말했다. 그가 눈 위로 한쪽 손을 가져갔다. 그는 한 친구의 충고에 따라 그녀에게 전화를 했노라고 그녀에게 고백할 수 없었다. 그는 오늘 그녀가 있는 곳의 대척점에서 자신이 늘 그녀를 봤다고 고백할 수 없었다. 지금 그녀는 그의 팔이 닿는 곳에 있었다. 그는 계속 눈을 문질렀다. 천연 금괴와 먼 파란색을 감추고 있는 열에 들뜬 손. 그는 두 잔째의 맥주를 주문했고, 그녀가 이 약속을 제안해줘서 행복했다고 그녀에게 말했다. 그리고 자신이 마치 그녀와 한 번도 사랑을 나누지 않았던 것처럼 말했다는 것을 곧바로 깨달았다. 그녀의 외침과 그의 신음, 그것들이 결코 존재하지 않았던 것처럼. 그녀의 입. 그녀의 성기. 그것들이 결코 없었던 것처럼. 그는 견딜 수 없는 이 거리감을 돌이키기 위해 그녀에게 뭘 좀 먹어야 한다고, 적어도 두 개째 스시는, 적어도 그것은 먹어야 한다고 말했다. 하지만 그녀는 기껏해야 재스민 차 두어 잔이나 마실 수 있을 터였다.

괜찮을 거예요. 그녀가 말했다. 염려 말아요. 괜찮을 거예요. 그때, 홀 구석의 유모차 안에서 자던 어린아이가 잠에서 깨어나 울기 시작했다. 여자는 야채 껍질 벗기는 손길을 멈추지 않은 채 다가가거나 만지지 않고 아이를 향해 미소만 지었다.

그녀는 되풀이해서 말했다. 괜찮을 거예요. 이 말을 큰 소리로 울부짖어 말하고 싶은 갑작스러운 욕구. 벽 위에 그 말을 글로 쓰고 싶은 욕구. 그 말을 아이에게 노래로 불러주고 싶은 욕구. 그 말을 번개치는 하늘에, 병든 태양에, 인적 없는 거리에 대고 큰 소리로 외치고 싶은 욕구. 괜찮을 거예요. 믿어줘요. 문제 삼지 말아요. 괜찮을 거라고요.
이제 잠을 자러 돌아가자. 창백한 하얀 시트로 몸을 감싸고, 그 빛 속에서, 그 명상 속에서 숨을 쉬자.

하지만 그는 여전히 마시고 있다. 자기 몫의 맥주를 마시고 있다. 두 손으로 유리잔을 쥐고, 고개를 숙인 채. 그의 입술에 물기가 어려 반짝였다. 그의 입술은 어두운 이 홀 안에서 유일한 감미로움이었다. 아이는 이제 아예 발버둥을 치며 울고 있다. 부당함에 항의하는, 배고픔과 갈증을 호소하는 아이의 울음소리. 덫에 걸린 아이의 반항. 그녀는 그 소리를 참을 수 없다고 말했다. 지금 이 순간 너무나 행복한 만큼 그 소리를 더욱더 견딜 수 없었다. 이 훌륭한 알리바이, 감탄할 만한 핑곗거리. 나가자. 습기, 튀김 냄새, 그리고 아이의 시끄러운 울음소리를 피하자. 피하자. 무심함이라는 덮개를, 사과 튀김 사이에 놓여 입이 찢어져라 웃고 있는 부처들을 피하자.

그가 잔을 단숨에 비우고, 소매 안쪽으로 입술에 묻은 하얀 거품을 닦아냈다. 바다를 마시기라도 한 듯한 하얀 거품. 그녀는 자기 자신에게 말했다. 이 남자와 해변에서 사랑하자고, 이 남자와 함께 바닷가를 걷자고. 어느 겨울날 잿빛 하늘 아래에서 그와 단둘이 거울 속을 긷자고. 틀림없이 아주 간단한 일일 터였다.

밖에서는 태양이 원한과 사나움을 가득 품은 채, 여전히 낮의 한가운데에서 격렬하게 내리쬐며 그들을 기다리고 있었다. 태양은 그들에게 말했다. 바깥은 그들의 자리가 아니라고. 하얀 태양은 그들을 호텔 '뤽상부르 공원'으로 몰아댔다. 작은 테이블 위에 상세르 포도주가 놓여 있고 술장식이 달린 커튼이 드리워져 있는.

그들은 그늘진 보도 위로 걷기 위해 길을 가로질렀다. 그가 그녀를 보호하는 몸짓을 했다. 그의 두 손이 그녀를 향했다. 주의하라고 말하는 것처럼. 아버지와도 같은 그 반사작용은 무슈 르 프랭스 거리를 달리는 자동차들로부터 그녀를 보호하기에 충분했다. 그러나 거리는 비어 있었고 그녀의 구둣굽은 작은 징소리를 내고 있었다. 그 소리는 타는 듯한 보도 위에서 지나치게 강하게, 지나치게 빠르게 울려 퍼졌다.

그들은 어느 식료품점 앞을 지나갔다. 가게 문은 바깥의 열기를 향해 열려 있었다. 상추 더미가 쓰러져 있었고, 병에 담긴 물은 값이 너무 비쌌다. 그녀는 갑자기 멈춰 서서 뭔가를 바라보았다. 계산대 위에 놓인 작은 종이 상자에 담긴 감초 두루마리들을 바라보았다. 그리고 그때부터 그는 더 이상 존재하지 않았다. 그녀는 먼지를 뒤집어쓴 감초 앞에 붙박인 듯 섰고, 더 이상 그의 존재를 느끼지 못했다. 오로지 한 가지만 느꼈다. 그녀가 감초를 얼마나 좋아했던가. 그녀가 감초를 얼마나 많이 먹었던가. 그 맛 때문에. 그 단맛 때문에. 극심한 저혈압을 다스리는 그 이로운 효능 때문에. 어린아이들의 그림 속에 등장하는 달팽이를 닮은 감초 두루마리. 그녀는 구겨진 원피스를 입은 채 헝클어진 머리칼로 그렇게 서 있었다. 숨이 멎을 듯한 구강성교의 여운에 아직 젖어 있는 채로. 그녀는 계산대 위에 있는 감초에 대해서만 생각했다.

그가 주머니에 한 손을 넣었다. 돈을 조금 꺼내 감초 값을 치렀다. 가게에 있는 감초 전부에 대한 값을. 사람들이 아침에 일상적으로 빵을 사고 값을 치르는 것처럼 매우 자연스럽게. 단순하고 습관적인 몸짓으로. 그녀는 그에게 미소를 지었다. 그 이해심에 즐겁고 자랑스러워하면서. 그는 소탈한 몸짓으로 그녀에게 감초를 건네주었다. 그는 그녀에 대한 기억으로 순진무구함만 간직했고 그 나머지는 잊어버렸다. 그는 그녀와 의기투합할 수 있었고, 비가 내리는 정원을 나와 로코코 스타일의 방으로 갈 수 있었다. 구식 음식인 감초에 대한 끔찍스러운 애정도 받아줄 수 있었다.

이제 그녀는 스스로가 훨씬 가볍게 느껴졌다. 그녀는 작은 가방 같은 감초 꾸러미를 발걸음의 리듬에 맞추어 좌우로 흔들었고, 가냘픈 허리도 대범하게 흔들었다. 그녀의 구두는 더 이상 보도 여기저기에 부딪히지 않았다. 그녀는 그들을 기다리고 있는 방을 향해 미소를 지었다. 이미 알고 있는 방. 구겨진 침대보, 물이 튄 욕실. 그리고 연보랏빛 양탄자 위에 놓여 있는 백포도주 잔.

그녀가 한 첫 번째 행동, 그것은 여는 것이었다. 침대를 여는 것. 초록색 침대보를 벗겨내고, 시트를 끌어내고, 그들을 맞아들이려 하는 것의 핵심을 발견하는 것. 더 이상 그 위에서 사랑을 나누고 싶지 않았다. 그 속에서 하고 싶었다. 그리고 결코 행해지지 않았던 것을 하고 싶었다. 결코 그렇게 하지 않았던. 결코 여기서 행해지지 않았던. 그 날까지 결코 일어난 일이 없었던. 어떤 예외적인 일이 일어나든 간에 그렇게 하리라, 영원히 그렇게 하리라 결심하고 싶었다.

그녀는 서 있었고, 그는 그녀를 바라보았다. 그녀가 결심을 했으므로, 그녀가 선택을 했으므로, 그는 그녀를 바라보았다. 그녀는 다소 급작스러운 몸짓으로 침대보를 벗겨내 그것을 바닥에 던져버렸다. 그도 그녀의 이런 면을 알고 있었다. 강렬한 인상을 주는 그 자연스러운 위력. 그는 이런 위력이 그녀가 스스로를 안심시키는 방식이라는 것을 이해했다. 그는 그것을 감지했다. 아주 짧은 순간에. 이 여자를 앞으로 나아가게 했던 것, 이 여자가 스스로를 인정하도록 도와주었던 것. 그는 그녀를 다시 바라보았고, 그러자 그녀가 어린아이로 보였다. 어린아이인 그녀는 살기 위한 유일한 무기로서 고집스럽고 완강해야 했다. 그 어떤 일이 있어도.

그녀는 친숙한 몸짓으로 한쪽 발을 흔들어 구두를 벗었다. 이어서 다른 쪽 구두도. 마치 우연인 것처럼 원피스와 끈팬티도 벗어 바닥에 놓아두었다. 그녀는 그가 그녀를 관찰하는 것이, 그가 그녀를 기다리는 것이, 그가 그 기다림에 빠져드는 것이 좋았다. 그는 더 이상 그녀를 보호하지 않았고, 더 이상 그녀를 지나치게 창백하고 너무 피곤한 여자로 보지 않았다. 그는 그녀를 쇠약함 건너편에 다다른 여자, 괴로움 건너편에 와 있는 여자, 즉 연인으로 보았다.

그녀는 그에게 몸을 꼭 붙인 채, 자신의 골반을 그의 성기에 갖다댔다. 두 손으로 그의 목을 감싸안고 그가 뭘 어떻게 할지 결정할 틈을 주지 않고 그에게 입을 맞췄다. 이런 행동은 그로 하여금 짧고 반복적이고 강렬한 운동을 하게 했다. 뱃속까지 전달되는 허리의 운동을. 그는 되어가는 상황에 몸을 내맡기지 않고 적극적으로 화답했다. 그는 부드러운 행위 후에, 유희 후에, 마침내 그들이 좀더 잔인한 행위로 옮아갈 수 있으리라는 사실을 몸으로 표현했다.

그녀는 흥분된 손가락으로 그의 머리칼을 좀더 세게 움켜잡고 그의 입술을 깨물었다. 그가 그녀를 안아 일으켜 빙그르르 회전시켰다. 그녀를 벽에 밀어붙이고 나시 한 번 그의 골반으로 그녀의 골반을 두드렸다. 그것은 원초적인 교미 행위의 시뮬레이션이었다. 바지 속에 죄수처럼 갇혀 있던 그의 성기가 팽팽해졌다. 그녀는 자신의 피부를 뜨겁게 달아오르게 하는 황마포黃麻布 벽지에 꼼짝 않고 몸을 댄 채 아픔을 느꼈다. 그러나 그는 그런 것에 개의치 않고 두 손바닥을 펼쳐 그녀의 얼굴을 만졌다. 물어뜯는 그녀의 공격에 끊임없이 반응하면서. 그는 펼친 두 손으로 그녀의 얼굴을 점토 반죽처럼 일그러뜨리고 본을 떴다. 그러는 동안 그의 성기는 그녀를 꾸준히 공략했다. 바지 앞춤의 단추들이 방해가 되었다. 그 고통에서 빠져나올 구멍이 없었다. 그녀는 그의 압박에서 빠져나와 벽에 밀어붙여진 타는 듯한 엉덩이를 떼려 했다. 숨을 쉬기 위해 얼굴을 빼내려 했다. 하지만 그가 그녀를 다시 붙잡아 거칠게 다루었다. 그녀는 그의 셔츠 단추를 풀기로, 그를 벌거벗겨 잠시 불안정한 상태에 빠뜨리기로 결정했다. 그러나 그녀가 행동에 착수하자, 그는 그녀의 양 팔을 세차게 떼어내 벽에 갖다 붙여버렸다. 그는 그렇게, 그녀를 십자가에 못 박듯 고문하고 마음대로 지배했다. 두 사람은 이러한 전투의 시작 속에서 자신의 욕망을, 대담함을, 타인에 대한 힘을 가늠해보려 했다. 그녀는 웃었다. 그가 그녀의 손목을, 지나치게 섬세한 살갗 속에 박혀 있는 손톱들을 붙잡는 방식을 통해, 자신의 거대한 육체를 그녀의 야윈 몸에 부딪혀가는 방식을 통해 그녀에게 상처를 입히고 쾌락을 얻으려 한다는 것을 그녀가 이해했기 때문이었다. 그녀는 그들 두 사람이 동등하다는 것을 이해했다. 그녀는 그 사실 때문에 웃었다. 왜냐하면 그가 그녀에게 힘을 행사했기 때문에,

그녀가 그에게 합당한 맞수라는 것을 그가 인정하려 했기 때문이었다. 그 순간 그는 마침내 그녀를 자기 파트너로 인정한 것이다.

그는 그녀가 웃는 모습을 잘 보기 위해 그녀의 몸을 풀어주었다. 그녀의 양 팔이 비행을 마친 한 쌍의 날개처럼 아래로 떨어졌다. 그녀는 벽에서 조금 떨어져나왔고, 그의 시선 속에서 처음으로 어린시절의 모습을 보았다. 놀라운 일이었다. 행복한 놀라움이고 순진한 놀라움이었다. 그것은 진실한 빛이었고, 고백이었고, 그가 그녀에게 베풀어준 선물이었다. 그의 어린시절의 일부분.

그들은 몇 초 동안 그렇게 있었다. 그들의 얼굴은 서로 매우 가까운 거리에 있었고, 그들의 육체는 서로를 마주하고 있었다. 그들은 이 발견 속에, 새로운 인식 속에, 그들이 다른 사람들에게는 보여주지 않았던 먼 청춘 시절 속에, 삶이란 거대한 것이라고 생각했고 삶이 그들을 위해 만들어졌고 그들이 삶을 놓치지 않을 거라 생각했던 인생의 초년기 속에 그렇게 머물렀다. 그때 그들은 사실은 그

반대라는 것을, 삶은 그들을 기다려주지 않는다는 것을 알지 못했다. 그들은 삶을 붙잡기 위해 달려야 한다는 것을, 결코 뒤를 돌아봐서는 안 된다는 것을, 오로지 달려야 한다는 것을 알지 못했다. 바람과 비에 맞서 투쟁하며 달려야 한다는 것을. 자갈과 어리석음 위를, 증오 위를 달려야 한다는 것을. 그러면 마침내 그것에 도달하게 된다는 것을. 태어난 지 오십 년이 지난 뒤에 한 미지의 인물의 육체 속에서 약간의 어린시절을 손에 붙잡게 된다는 것을.

그는 그녀에게서 시선을 떼지 않았다. 행복한 도발의 시선. 그는 거의 유쾌한 이 욕망 속에서, 고양이과 동물의 조급함 속에서 입술을 깨물며 옷을 벗었다. 그는 그들이 지금 시작하려 하는 거리낌 없는 한 판 시합을 이미 맛보고 있었다.

한편 그녀는 그의 벗은 상반신의 엄청난 동물성을 재발견했다. 풍성한 그의 배와 넓적다리를 재발견하고, 그녀를 향해 팽팽히 긴장하고 있는 그의 성기를 재발견했다. 그것은 황금빛 털에 덮인 도망자 같았고, 그의 내장 깊은 밑바닥에서 솟아오른 어떤 것 같았다. 그의 성기는 태어나고, 죽고, 소생하고, 고갈되고, 되돌아왔다. 이 연약한 강렬함. 그녀는 그의 성기에 대한 욕망을 느끼며 조금 얼굴을 붉혔다. 그녀가 두 눈을 빠르게 여러 번 깜박이는 모습을 그가 바라보았다. 그녀의 눈꺼풀은 방향을 잃은 채 어쩔 줄 모르고 있었다. 그는 그녀의 눈이 몹시 마음에 든다고, 그녀 젖가슴 사이의 오목한 계곡이, 창백한 모습으로 그를 향하고 있는 그녀의 상반신이 마음에 든다고 감히 그녀에게 말하지 못했다. 그녀의 손이 놓인 각도가 그의 페니스를 발기시킨다고 감히 말하지 못했다.

그는 그녀를 돌려세웠다. 이제 그녀는 벽에 이마를 대고 서 있었다. 그녀의 심장이 마구 뛰었다. 그가 어떤 방법으로 그녀를 취할지, 그가 원하는 것이 무엇인지 알지 못했으므로. 그녀는 그가 무엇을 하려고 하는지 얼마나 모르고 있는가. 그리고 그녀는 이 무지함을 얼마나 고스란히 받아들이고 있는가. 그녀는 자기 육체의 모든 부분을 통해 자신이 갖고 있는 그에 대한 확신을 그에게 얼마나 표현하고 있는가. 그녀는 눈을 감고 속으로 중얼거렸다. 그러나 좀더 깊게, 좀더 진실하게, 좀더 사실적으로 말한다면 그녀는 좋아요, 라고 중얼거렸을 뿐이다.

그리고 그녀는 머리를 숙였다. 양쪽 손바닥을 마치 먼지처럼 느껴지는 황마포에 갖다붙였다. 그의 페니스가 그녀의 엉덩이 윗부분을 문지르는 게 느껴졌다. 그곳은 그녀가 좋아하는 부위였다. 골반 양쪽의 움푹한 곳에 있는 소와(小窩, 작은 구멍을 일컫는 해부학 용어―옮긴이)에 가까운 곳. 그의 페니스는 부드러웠다. 그것은 타는 듯한 벽의 느낌에 뒤이은 고마움이었고 위안이었다. 그의 페니스가 그녀의 엉덩이 여기저기를 천천히 주유周遊했고, 그녀는 그것을 매우 가깝고 매우 힘차게 느꼈다. 그것은 그녀를 확신하는 듯했다. 그것은 잘 제어되고 있었고, 매우 단호했다. 그녀는 자신의 몸 바깥에서 그의 페니스가 결핍과 쾌락을 유발하는 것을 느꼈다. 그녀는 클리토리스 위에 손가락을 얹었고, 그는 그녀에게 몸을 더 바싹 붙였다. 그의 입이 그녀의 머리칼에 닿았다. 그가 그녀에게 말했다. 그래, 당신 몸을 만져. 그녀의 행동이 그를 당황스럽게 만든 듯했다. 그가 그녀에게 몸을 붙인 채 몸을 좌우로 흔들었다. 그녀는 헐떡거렸다. 은밀한 불평이 마치 울음처럼 새어나왔다. 그녀는 쾌락을 원하지 않았다. 그녀는 몸으로 위안받기를 원하지 않았다. 그녀는 그와 함께 떠나기를 원했다.

그가 그녀의 몸 주변을 두 팔로 더듬다가 그녀의 양쪽 젖가슴을 손에 쥐었다. 너무나 조그만 그녀의 젖가슴은 욕망으로 부풀어 있었다. 그것들은 마치 방금 태어난 두 마리 동물처럼 그의 손바닥 안에서 숨쉬고 있었다. 그것들 아직 따뜻하고 놀란 채였다.

그들은 그런 자세로, 공동의 쾌라에 압도된 채 봄을 좌우로 흔들었다. 그녀는 그의 심장이 그녀의 등에 닿을 정도로 세차게 고동치는 것을 느꼈다. 그의 페니스 끝에 정액이 조금 방울졌다. 그러나 그는 자신을 제어할 줄 알았다. 이 남자는 춤출 줄 알았고, 자신의 육체를 이끌 줄 알았고, 여자를 다룰 줄 알았다. 또한 그녀와 함께 쾌락의 깊은 음악성 속에서 움직일 줄 알았다. 바닥이 그들의 발 아래에서 깨어나는 화산처럼 전율했다. 멀리서 들려오는 우르릉거리는 소리. 희미한 분노.

　그는 그녀의 목을 깨물었다. 강하고 길게. 그리고 자신의 페니스를 그녀의 질 속에 집어넣었다. 한순간 그녀는 그가 더 나아가지 않는 것을 유감스러워했다. 그녀는 그와 함께 두려움을 느끼고 싶었고, 그와 함께 아픔을 느끼고 싶었다. 그녀는 자신이 결코 주지 못했던 것을 그에게 주고 싶었다. 아마도 그가 그녀의 실망을, 난폭함에 대한 그녀의 필요를 느꼈기 때문일 것이다. 그가 그녀의 어깨를 강제로 내리누르더니 거의 부스러뜨릴 것처럼 그의 앞에 세웠다. 그런 다음 한 손은 그녀의 엉덩이 위쪽에 다른 한 손은 그녀의 어깨 위에 얹었다. 폐쇄적이고 독선적인 태도로. 그리고 그녀의 질 속을 마구 두드렸다. 처음엔 분노하여, 그 다음엔 복수하듯이, 그 다음엔 성급하게. 많이 두드릴수록 그는 많이 잊었다. 조심성을, 섬세함을, 부드러움을 잊었다. 시간을 잊고, 장소를 잊고, 그가 누구인지 잊고, 그가 무엇을 하고 있는지 잊었다. 그는 다른 문들을 열기 위해, 다른 출구들을 발견하기 위해 그렇게 두드려댔다. 잃을 것이 아무것도 없는 사람이 가진 에너지로 그렇게 두드려댔다.

그녀는 숨을 헐떡였다. 쾌락 때문이 아니라 행복한 공포 때문이었다. 그녀는 그를 따르기로 결심했으므로. 그. 전속력으로 달리는 말과 같은 그. 그녀보다 먼저 출발한. 그녀는 질식하지 않기 위해, 죽지 않기 위해 숨을 헐떡였다. 부서지고, 관통되고, 흥건히 젖은 채 그녀의 엉덩이에 달라붙어 있는 그의 골반. 그는 그녀에게 몸을 붙인 채, 그녀에게 아무 말도 하지 않고 그녀를 쳐다보지도 않은 채 땀을 흘렸다. 그는 그녀를 이용하기 위해 여전히 그녀를 끌어안고 있었다. 그 필요성과 불가피함. 그는 방금 그녀를 가졌고, 그는 모든 것을 잊은 것처럼, 그녀를 혼란스럽게 만든 것처럼 보였다. 왜냐하면 그녀는 뚜렷한 이 몇 분을 제공할 수 있는 특별한 존재, 유일한 존재가 되었으므로. 이 질식 속에서, 이 흥분된 고양 속에서, 약간의 에고이즘 속에서.

그리고 그의 두 손이 그녀를 놓아주었다. 그의 페니스가 그녀의 몸을 떠났다. 천천히, 그녀는 몸을 일으켰다. 등이 아팠다. 이마, 두개골, 엉덩이 윗부분에도 고통이 느껴졌다. 그녀가 그를 향해 몸을 돌렸을 때 그녀의 두 다리가 조금 떨렸다.

그의 얼굴 표정이 변했다. 어두워져서 마치 베일을 쓴 것 같았다. 그의 시선 속의 천연 금괴도 사라졌다. 그의 파란 두 눈이 밤색 베일에 덮였다. 땀 때문에 찰싹 달라붙은 여자 같은 그의 머리칼. 뺨 한쪽에 늘어져 있는 머리채는 좀더 뻣뻣해 보였다. 콧마루에는 땀 한 방울이 맺혀 있었다.

그는 어린시절의 특징을 잃어버렸다. 지금 그는 그녀를 마주하고 서 있다. 오로지 부풀어오르고 팽팽해진 그의 성기만이 그의 욕망을 나타내고 있었다. 그는 멀리서 왔고, 그녀가 그와 함께 그가 떠내려온 그곳으로 갔으면 하는 바람을 갖고 그녀에게 다가가려 애쓰고 있었다. 그는 그녀를 찾아가기 위해 그녀에게서 분리되었다. 그래서 그녀는 그의 얼굴을 향해 한 손을 내밀었고, 그의 콧마루에 맺힌 땀 방울 위에 그 손을 부드럽게 얹었다. 무한한 부드러움으로 자신의 손가락들을 그의 두 눈가에, 그의 뺨 위의 오목한 부분에 얹었다. 그러자 그가 머리를 조금 움직이더니 두 눈을 감고 자신의 얼굴을 그녀의 손바닥에 기대어왔다. 그녀는 그가 거기서 편히 쉴 수 있도록 다른 쪽 손도 올려놓았다. 아무렇게나 버려진 그의 눈꺼풀, 내리깐 금빛 속눈썹이 그의 확신과 피로함을 말해주고 있었다. 처음으로, 말하지 않고, 이야기하지 않고, 설명하지 않고 그는 자신의 피로함을 내려놓았다. 그녀는 자기 안에 한 남자의 무기력을 감당할 수 있는 충분한 삶이 아직 남아 있다는 것을 알지 못했다. 한순간이나마, 조금이나마 그녀의 두 손 안에 그것을 감당할 수 있다는 것을. 그리고 그녀가 그에게 입을 맞추었을 때, 그녀의 입술을 그의 입술 위에 포개었을 때 그녀의 입맞춤은 부드러웠다. 그것은 의례적인 신중한 도약, 위로의 시작이었다.

그리고 그녀는 처음으로 자신의 팔 안에 그를 품었다.
그녀의 목덜미에 파묻힌 그의 얼굴. 그녀의 매끈매끈한 피부에 맞닿은 그의 젖은 털들. 그는 그녀의 팔 안에 있었다.

그녀는 울지 않겠다고, 그녀 안에서 굴종하려 하는 모든 것에, 세상을 포기하고 혼란에 몰아넣으려 하는 모든 것에 저항하고 그것들을 제지하겠다고 맹세했다. 이 남자가 모르고 그녀에게 안겨다 준 놀라움과 분노 때문에 이 남자 앞에서 울부짖지 않겠다고 맹세했다. 그는 자신도 모르는 채 그녀에게 자신의 위엄을 강요했고, 그녀는 증오로 인해 죽을 뻔했었다. 동의서에 서명하지 않았던 그녀. 고문과도 같은 몇 달을 받아들였던 그녀. 모욕적인 말을, 위협의 말을, 애원의 말을 들었던 그녀. 자신이 결혼한 남자의 눈이 정신이상으로 인해 소름끼치도록 부릅떠진 것을 보았던 그녀.

그녀는 그의 등허리를, 아름다움의 낱알들을, 털들을 어루만졌다. 그리고 때때로 벌거벗은, 노출된 그의 피부를 쓰다듬었다. 그들은 침묵했고 부동자세로 가만히 있었다. 그들은 벌거벗은 채였고, 사랑을 나누지는 않았다. 그들은 그냥 그렇게 함께 있었다.

다시 비가 내렸다. 해체되어버린 이 오후에 하늘은 더

이상 아무것도 알지 못했고, 가을을 오게 하기 위해 여름을 다시 붙잡았다. 빛을 얻기 위해 태양을 붙잡았다. 비는 다시 포도를 두드렸고, 그녀는 그에게서 몸을 떼어냈다. 그의 커다란 등허리, 그의 목, 그의 땀에서 떠났다. 그리고 그를 침대의 움푹한 곳으로 데려가기 위해 그의 한 손을 붙잡았다.

그들은 조용히 머물러 있었다. 서로에게 몸을 기댄 채 길게 누워서. 그녀는 한 손으로 그의 손목을 잡고 있었고, 그는 그녀의 넓적다리에 손을 올려놓은 채였다. 그들은 존재의 신호들, 신중함과 존중의 신호들을 구실로 삼지 않고 서로에게 몸을 기대고 있었디.

왜냐하면 이제 그들에겐 시간이 있기 때문이었다. 그들은 은연중에 그 사실을 알고 있었다. 규약은 이제 즐기고 즐기게 해주는 것만이 아니었다. 감히 시간을 갖는 것도 규약이었다. 아무 일도 일어나지 않을 수도 있는 위험을 무릅쓴 채. 예견할 수 있는 것은 아무것도 없었다. 말 혹은 침묵. 난폭함 혹은 조심. 도취 혹은 휴식.

그가 그녀에게 아이들은 어디 있냐고 물었다.

그녀는 하얀 천장을, 인조 크리스털 샹들리에가 달린 높은 천장을 바라보았다. 이 호텔의 방들은 모두 똑같이 생겼을까? 한치의 오차도 없이 똑같을까? 천장도 똑같고, 크기도 똑같고, 침대도 똑같고, 나폴레옹 모사품도 똑같을까? 그들은 모두 위층에 있는 다른 사람들과 한치의 어그러짐도 없이 똑같게 살고 있는 것일까? 오직 육체만 다르고, 웃음과 눈물만 다른 것일까? 얻어맞은 청춘들은 똑같다. 하루살이 커플들, 경멸, 복종, 잊혀진 부모들, 거칠게 다뤄진 아이들, 그리고 포도 위에 내리는 비.

그애들 아버지 집에요. 이달 말까지. 그런데 당신은? 당신도 딸이 하나 있잖아요. 나는 당신에게 딸이 하나 있는 걸로 기억하는데요?

다음 순간 그들은 입을 다물고 침묵을 지켰다. 그들은 노력했다. 하지만 그들은 원하지 않았다. 외적인 삶이 지나간 시간의 자취를 이 방 안에서 망가뜨리기를 원치 않았

다. 이 맹렬한 침입, 예기치 않았던 이 변화. 그들은 더 이
상 그러기를 원치 않았다.

그녀는 자신의 몸이 마치 바위 위인 양 그의 몸 위에 얹
혀 있는 모습을 보았다. 그의 후한 마음 위에 얹혀 있는 그
녀의 자그마한 육체. 그의 묵직한 몸 위에 놓인 그녀의 가
벼운 몸. 그녀의 창백함과 그의 거무스레함. 그리고 그녀
는 그의 시선을 원했다. 그와 떨어져서 보낸 지난 오 년 동
안 피해온 그 시선을 지금 자기가 필요로 하고 있다는 것
을 갑자기 느꼈다. 그녀는 모든 시간으로부터 온 그의 파
란 눈이 그리웠다. 그를 만나기 전에 만난 남자들, 북쪽 남
자들의 고통과 웃음이 생각났다. 그녀는 그의 시선 속에
안전하게 피신해서, 그 전에 자신에게 왔던 남자들에게 경
의를 표하고 싶었다. 그녀는 이 시선 덕분에 살고 있었고,
이미 이 시선을 그리워하고 있었다.

그녀는 그의 시선 속에 잠겼다. 진지하게. 감동하고 감
사하게 여기면서. 왜냐하면 그가 그녀에게 그 시선을 베풀
었으므로. 그는 열린 눈을 갖고 있었다. 스스럼없고 놀랍

지 않은. 주의깊고, 고요함으로 가득한. 그의 눈은 진실성
의 빛을 발하고 있었다.

그는 고요하고 진실했다. 그는 그녀 아래에 있었다. 따
뜻한 섬처럼. 그는 그녀의 몸을 돌려놓고, 끌어안고, 그녀
의 몸 안에 자신을 두드려박은 사람이었다. 그녀를 원하고
갈망한 사람, 그녀를 요구한 사람이었다. 당신 아이들은
어디에 있지? 신중한 목소리와 수줍은 어조로. 당신 아이
들은 어디에 있지? 중립성과 그녀의 짤막한 대답을 받아
들인 사람.

그애들은 내 안에 있어요. 사람들이 그애들에게 무엇을
요구하든, 그애들이 어디를 가든. 그애들이 어떤 만남을
갖고, 어떤 우연을 만나고, 어떤 추락을 겪게 되든 그애들
은 내 안에 있어요. 나는 그애들에게 매일 말하죠. 나는 여
기에 있어. 걱정하지 마. 난 너희들을 기다리고 있어.

그녀는 그의 두 눈을 바라보며 이것에 대해 생각했다.
수수께끼, 여행에의 초대, 떠나는 것. 거기로 떠나는 것.

거기서는 더 이상 아무것도 무게를 갖지 않는다. 거기서는 무질서가 은혜가 되고, 쾌락이 진실이 되고, 무관심이 죄악이 된다.

그녀는 따뜻한 섬이 일어서는 것을 느꼈다. 그녀의 배 밑에 있던 그의 배가 전율했다. 그는 그녀를 떠나지 않고, 그녀에게서 몸을 떼지 않고 그녀의 몸을 뒤집어 그녀의 등 위에 올라탔다. 그는 다시 한 번 그녀 위에 있게 되었다. 하지만 진지하게. 굳게 닫힌 입술, 좀더 굳건해진 시선. 그의 파란 두 눈 속에 담긴 작은 엄숙함. 그녀의 심장이 좀더 거칠게 뛰었다. 그는 자연스럽게 느껴지는 원초적인 감정으로 그녀에게 말하고 있었다. 그녀의 넓적다리가 흔들렸고, 초조함이 그녀 안에서 거칠게 날뛰었다. 그녀의 육체가 피부 밑에서 깨어나고 있었다. 생명이 되돌아오고 있었다.

그는 그녀의 몸을 따라 자신의 몸을 미끄러뜨렸고, 그는 그녀에게 더 잘 가닿기 위해 그녀에게서 몸을 조금 후퇴시켰다. 그녀는 그가 자신에게서 멀어지기를 원치 않았다.

그녀는 그의 시선을, 그의 힘센 목을, 그녀 위에 놓인 그의 두 어깨를 잃기를 원치 않았다. 그가 없으면 추울까봐 두려웠다. 하지만 그녀는 이미 그가 하려는 행동을 흡족해하고 있었다. 그녀는 그가 그녀의 진실에 접근하려 한다는 것을, 그녀의 심장과 그녀의 핵심과 그녀의 생명을 발견하려 한다는 것을 알았다. 그녀조차 결코 알지 못하는 그녀의 성기를 알려 하고, 그녀조차 결코 느끼지 못한 그녀의 향기를 느끼려 한다는 것을. 그녀조차 맛을 알지 못하는 그것을 마시려 하고, 그녀조차 결코 잠겨보지 못한 곳에서 숨쉬려 한다는 것을.

그리고 마침내 그녀는 눈을 감았다. 초조함 때문에 그녀의 콧마루에 작은 경련이 일었다. 그녀는 팔을 뻗어 자기 얼굴 위에 얹었다. 스스로를 보호하려 하려는 사람처럼. 그녀는 그가 시작하기도 전에 한계에 이르러 있었다. 그가 하려는 약속이 그녀를 흥분시켰다. 그녀는 입술을 깨물었다. 벌써 신음이 새어나오고 있었기 때문이다. 비탄에서 터져나오는 작은 외침들. 그는 그녀에게서 눈을 떼지 않은 채 자기 얼굴을 그녀의 엉덩이 오목한 곳에 올려놓았다.

그러나 그녀는 그 사실을 알지 못했다. 그녀는 그가 그녀를 들이마시려 한다는 것을, 그녀를 핥으려 한다는 것을, 그녀를 빨아들이려 한다는 것을, 그녀를 잘근잘근 깨물려 한다는 것을, 그녀를 헤집으려 한다는 것을, 그녀를 적시려 한다는 것을, 그녀에게 입맞추려 한다는 것을 알지 못했다. 그녀에게서 결코 시선을 떼지 않은 채. 어떤 방식인가 하면, 그가 그녀를 가득 채울수록 그녀는 그를 잊을 터였다. 그가 그녀에게 무한한 쾌락을 줄수록, 무한한 감미로움을 선사할수록, 믿을 수 없는 깊이를 선사할수록, 그녀는 그를 더욱더 잊을 터였다. 오로지 그녀만 생각하면서. 왜냐하면 그녀를 핥으면서 그는 그녀를 유일하면서도 총체적인 존재로 만들었고, 그녀는 다시 그녀가 되었기 때문이다. 그는 그녀를 한데 모았고, 그녀를 안심시켰고, 그녀를 재구성했다. 그것은 그의 육체에서 그녀의 육체로, 그의 성기에서 그녀의 영혼으로 흘러드는 기쁨이었다. 그리고 그녀는 자기 자신을 향유했다. 그녀 자신만의 향락을 향유했고, 여자라는 사실을 향유했다. 그것이 바로 그가 그녀를 바라보고 있는 이유였다. 그녀를 완전히 잃지 않기 위해.

이 상태는 오랫동안 지속되었다. 그녀가 그의 입 아래에서 생명력을 얻고, 변모하고, 그의 입 아래에서 찬란하게 꽃피는 모습을 지켜보는 것을 그가 무척이나 좋아했으므로. 그녀는 유연했고, 해방되어 있었다. 그리고 그녀의 육체가 높이 들렸다. 진정된 묵직한 리듬에 맞춰 느린 파도가 밀려왔다. 깊은. 이제는 낮아진 신음소리와 함께. 그는 그녀에게서 그런 목소리를 들어본 적이 없었다. 부드럽고도 농밀한. 살을 지닌 여자의 목소리. 누군가 들었다면 그녀가 잠을 자면서 쾌락을 느끼고 있다고 말했을 것이다. 잦아든 신음을 해방시키는 잠. 그녀의 골반이 높이 들렸다가 다시 떨어졌다. 하늘을 향해 들렸다가 대지에 감사를 표했다. 지금 그녀는 펼친 양 손바닥 사이에 그의 머리를 붙잡고 있었고 그의 얼굴은 그녀의 엉덩이 가운데에 놓여 있었다. 그것은 세상의 시작, 경탄, 최초의 분출이었다. 그녀의 목구멍에서 다음과 같은 기도의 말들이 새어나왔기 때문이다. 하느님, 하느님, 하느님. 이 낮은 곳에서는 생명과는 다른 현상이 일어나고 있기 때문이다. 이해할 수 없는 일이, 절대적 쾌락이, 비상이, 불가사의한 일이 일어나고 있기 때문이다. 이탈이, 일치가, 초월이, 조화가 일어나고 있었다. 그리고 그녀는 너무나 강렬하게, 너무나 격렬하게 솟구쳐오르는 자신의 육체를 향유했다. 그녀의 목은 뒤로 젖혀졌고, 두 손은 흐트러진 침대 시트에 달라붙어 있던 남자의 두개골에서 떨어져나왔다. 그녀는 상처입듯, 씨름하듯, 외마디소리 속에서 살아남듯 쾌락을 향유했다.

그녀는 숨을 헐떡였다. 뜻밖에 그리고 어찌할 바 몰라 숨가빠하면서. 그녀는 호흡을 되찾고 진정하려고 애썼다. 남자와 합류하여 그가 그녀를 기다리고 있는 기슭에 도달하려고 애썼다. 하지만 그녀는 시간이 필요했다. 과감히 눈을 뜨고 방의, 테이블의, 커튼의, 샹들리에의 충격을 받아들이기 위한 시간이 필요했다. 시간을 깆고, 주변 온 세상의 소음 속에서 방의 현실을 받아들일 필요가 있었다. 눈을 열고 받아들여야 했다. 봉헌 이후에, 믿을 수 없는 여행 이후에 다른 사람들과 함께 있을 시간이 필요했다. 다른 사람들처럼.

아마도.

그는 그것을 이해했다. 그가 그녀 옆에 누웠다. 그녀를 향해 돌아누웠다. 한쪽 손에 머리를 괸 채 그는 그녀를 바라보았다. 그녀가 방도, 테이블도, 커튼도, 샹들리에도, 시간도 볼 수 없도록. 오직 그의 기다림과 그녀에 대한 그의 욕망만 볼 수 있도록.

그가 그녀의 이마 위에 한쪽 손을 얹었다. 그녀는 돌아오기 위한 노력 속에서 고통을 느끼는 듯했다. 갑작스러운, 찢어지는 듯한 아픔. 그것은 그가 그녀를 진정시키고 싶어했기 때문이었다. 그녀의 이마 위에 손을 얹음으로써 그녀가 마음의 평안을 얻도록. 한편 그녀는 줄곧 눈을 감고 있었고, 여전히 불규칙하게 숨을 쉬고 있었다. 그녀가 갑자기 그를 향해 몸을 돌렸다. 머리를 숙이고, 다리를 포개 그의 몸에 붙였다. 그가 양쪽 팔로 그녀의 몸을 어루만진 뒤 그녀의 머리카락에 부드럽게 입을 맞췄다. 그리고 그녀를 가까스로 애무했다. 몸을 스치는 작고 수줍은 소리. 그녀가 처음으로 그에게 피신한 순간이었다. 그러나 그는 자신이 결코 그녀를 위로할 수 없으리라는 사실을 알고 있었다.

III

하지만 그녀는 위로를 기대하지 않고 있었다. 그녀는 자기 아이들에게 최악인 것을 선택했다. 그녀는 아버지를 선택했다. 자유로운, 자유롭고 심신이 상실된. 이 낮은 곳에는 그녀에게 어떤 자비로움도 허락되지 않을 터였다. 아무것도 이 치욕스런 행동을 되돌릴 수 없을 터였다. 한편 그녀가 아이들을 빠뜨렸던 심연 주변에는, 그 공허함 주변에는 권태가 있었다.

그러나 그녀가 기분전환 따위를 기대한 건 아니었다.

그녀는 그에게서 몸을 떼고, 한 손으로 그의 눈꺼풀을 어루만졌다. 편히 쉴 수 있도록. 사실 그것은 불필요한 행

동이었지만 그녀는 그 행동을 몇 번이고 되풀이했다. 그녀
는 자신의 혀로 그의 성기를 문질렀다. 그의 성기의 신맛
을 보기 위해. 그것에 의해 그들이 연결되고 그것에 의해
그들이 섞이도록. 머리끝부터 발끝까지. 입에 의해, 점막
에 의해, 피부에 의해, 털에 의해, 끝없이 얽히는 머리카락
에 의해. 그녀는 왜 이 남자에게 만나자고 청했던 걸까?
왜 다른 사람이 아닌 그녀인가? 현재 그녀가 자유롭다고
믿으면서 만나고 있는 다른 모든 사람들이 아니라? 하지
만 무엇으로부터, 누구로부터 자유롭다는 거지? 그녀는
왜 그에게 만나자고 청했던 걸까? 영원히 잊혀진 사람, 늘
무시해오던 그를. 환상을 품고 있지 않은, 그러나 피로함
을 느낄 줄 알고 어린시절을 떠올릴 줄 아는 이 남자를.

존재할 수 있는.
쾌락을 누릴 수 있는.
비난받아 마땅한.

그가 상황을 이해하고, 그녀의 등 위에서 몸을 위아래로
움직이고, 침대 위에서 조금 내려오기 위해서는 희미한 시

작만으로, 한 손의 짤막한 움직임만으로 충분했다. 그녀는 그의 몸 위에서, 그의 벗은 상반신 위에서 젖어 있는 자신의 성기를 보았다. 그녀는 자신의 한쪽 젖가슴을 그의 입 속에 집어넣었고 그는 그것을 부드럽게 빨았다. 그는 마치 창녀의 몸 아래에 있는 것처럼 그녀 아래에 있었다. 그는 그녀의 살을 먹었고, 그녀는 양쪽 젖가슴을 번갈아가며 그의 입에 갖다댔다. 양쪽 다 비통함을 느끼고 있었고, 그것들은 순종하는 그의 입이 그것들을 받아들이는 순간 속에서만 살 수 있었으니까. 그의 심장이 그녀의 성기 아래에서 고동쳤다. 그가 그녀의 젖가슴을 빨수록 그녀의 피부는 점점 젖어갔고 그녀의 심장 또한 빠르게 고동쳤다. 그녀는 그가 그녀의 가슴의 요구에 부응하는 것 말고 다른 일을 하지 않는 것이 좋았다. 그녀 육체의 다른 모든 부분은 그렇게 방기되었다. 견딜 수 없는 그 미개척지들, 그것들은 그녀의 쾌락을 더욱 날카롭게 만들어주었다. 그녀는 그가 그녀를 자신의 몸 위에 앉히고 그녀의 몸속으로 들어가기 위해 그녀의 엉덩이 위쪽을 붙잡고 싶은 마음을 억제하고 있음을 알고 있었다. 그녀는 알고 있었다. 각각의 쾌락이 또 다른 쾌락을 불러온다는 것을. 각각의 만족이 결핍에

양분을 제공한다는 것을. 그녀는 아직 욕망을 채우지 못한 이 사람을 존중하고, 소유를 포기하는 것이 좋았다. 그러므로 승자도 패자도, 신뢰도, 사기詐欺도 없을 터였다.

그 어떤 감사도.

그녀 가까이에 있는 그의 심장이 공허 속에서 고동쳤고 그의 머리가 하얀 침대 시트 위에서 휴식을 취했다. 그때 그녀는 한 여자가 신음하는 소리를 들었다. 그녀가 자신의 쾌락 속에서 천천히 흘려보낸 다른 여자의 신음소리. 마술을 거는 듯한 신음소리. 길고, 춤추는 듯한, 마치 플루트가 연주하는 음표와 같은. 숨을 들이쉬고 내쉬게 하는 유일한 음표. 그녀는 한순간 꼼짝 않고 있었다. 조금 슬픈 듯한 그 음악에 사로잡힌 채. 그녀는 계속 들었고, 마침내 이해했다. 그 매혹적인 신음소리가, 그것이 단지 바람소리였다는 것을.

밖에서는 바람이 불고 있었다.

밖에서는 비가 바람 속에서 왈츠를 추고 있었다.

밖에는 뤽상부르의 마로니에들이 있었다.

잔물결이 일고 있는 분수.

결코 바스락거리지 않는 조각상들.

위협하듯 뾰족한 철책들.

그리고 묘비와도 같은 상원 의사당.

바람의 탄식과 조각상들의 무심함은 잊어버리는 편이 나았다.

그녀는 남자의 벗은 상반신을 떠났다. 그녀는 그의 심장을 떠났다. 그녀는 그의 입을 떠났다. 그의 배 위를 천천히 미끄러졌다. 다리를 벌린 채, 아무 말 없이, 움직이지 않았다.

그는 잠시 망설였다.

그는 감히 그녀의 몸을 애무하지 못했다. 그녀가 무엇을 기다리는지 알고 있고, 아무것도 그 행동으로부터 그녀의 주의를 흩뜨리지 못하리라는 것을 알고 있기 때문에. 전조前兆도, 잠복기도. 그녀의 침묵과 꼼짝 않고 있는 태도가 말보다, 탄원보다 더 많은 것을 말해주고 있었다. 무기력한 그녀의 육체가 울부짖었다. 닫힌 그녀의 입이 울부짖었다. 그녀의 굴복이 애원하고 있었다.

그래서 그는 그것을 했다. 격렬하지 않게. 부드럽게, 자명하게, 침착하고 담대하게 그것을 했다. 마치 그가 이미 알고 있는 것처럼. 그는 그것이 그들 두 사람 모두에게 좋으리라는 것을 알고 있었다. 그는 오직 자신만이 그녀의 몸 안쪽이 부드럽다는 느낌을, 그녀의 몸 안쪽이 벨벳처럼 부드럽다는 느낌을 줌으로써 그녀를 타락시킬 수 있다는 확신에 도취하여 그것을 했다. 그녀가 소중하고 연약하며, 강하고 뜨겁다는 느낌. 그리고 그는 그 비밀스러운 행위가 가져다주는 더없는 황홀감에 매우 빠르게 사로잡혀갔다. 그녀의 엉덩이 사이에 있는 자신의 페니스를 보는 황홀감에. 그는 오직 자신만을 위해, 그 자신에게도 낯설게 느껴지는 자기 자신을 위해 몸을 움직이기 시작했다. 그는 길을 잃고 헤맸고, 그녀는 그의 상냥함을 향유했다. 그 상냥함 때문에 일이 벌어지고 있었다. 다른 모든 여자들이 주지 않은 것을 이 남자에게 준다는 그 비길 데 없는 오만함. 그는 그녀의 몸 안에서 흥분했다. 하지만 그 사실을 감췄

다. 그가 눈을 감았던가? 아니면 그녀의 등 위에 파란 광
채를 쏟아부었던가? 그녀는 그를 놀라게 했던가? 그는 아
직도 한 여자에 의해 놀라고 도발될 수 있는가?

그녀는 그가 그르렁대는 소리를 들었다. 이 거친 날것의
행위와는 반대되는 너무나 경쾌한, 너무나 낭랑한, 너무나
가느다란 소리였다. 공기처럼 가벼운 그르렁거림. 자그마
한 육체의 실수 때문에 도망친 듯한. 그녀는 어떤 미묘함
을 실현했고, 그는 그녀의 몸에 자신의 체중을 전부 싣지
않았다. 어떤 미묘함으로. 그는 그녀에게 상처 입히지 않
고 그녀를 타락시켰다. 그리고 그는 자신이 심지어 휩쓸려
와 있다는 것을 알고 있었으므로, 심지어 추방되어 그곳에
와 있다는 것을 알고 있었으므로, 거의 여성적인 그 노래
속에서 사정射精했다. 사로잡힌 절망의 어떤 폭발을.

그런 다음 천천히 그녀를 떠났다. 그녀로부터 물러났다.
기울인 육체, 숙인 머리. 사람들이 봤다면 그가 그녀에게
인사를 한다고 말했을 것이다. 그녀가 가진 사람에 대한
앎에, 사람에 대한 그녀의 필요에, 그녀의 너그러움과 관

능성에 경의를 표한다고.

욕실 안에 혼자 있는 것은 이제 그였다. 쾌락의 행위에 위생의 행위를 섞고 있는 사람은 이제 그였다. 베풂과 의혹 사이의, 허용과 조심성 사이의 그 소름끼치는 거리.

그녀는 배를 깔고 길게 엎드려 있었다. 그녀는 머리를 한쪽으로 조금 돌렸고, 갈증을 느꼈다. 이 순간 그녀는 잠을 자고 싶었을 것이다. 하지만 그녀는 그가 항복하여 그녀의 잠을 빼앗지 않을 거라고 확신하지 못했다. 그리고 그녀는 바람의 애무를 받으며 로코코 스타일의 이 방 안에서 혼자 깨어나는 것이 너무 두려웠다. 너무나 두려웠다. 그녀는 잠이 들 때마다 가위에 눌려 느닷없이 눈을 번쩍 뜨며 깨어나곤 했기 때문이다. 사람들이 공포스러운 것 앞에서 눈을 크게 뜨는 것처럼. 그것은 그녀의 눈꺼풀을 활활 태우는, 그녀가 정면으로 바라보던 공포였다. 그녀는 매번 얼음처럼 차가운 밤, 의혹의 밤으로부터 곧장 깨어났다. 최초의 정신착란 발작 때 그는 그녀에게 말했다. 당신은 아이들에게 나를 독살하라고 시켰어. 당신은 나를 죽이

고 싶어해. 당신은 내가 내 아이들 손에 죽기를 원해. 당신
은 내 죽음을, 내 죽음을, 내 죽음을 원해. 당신은 내 죽음
을 원한다고! 그리고 때때로 그는 무릎을 꿇었다. 땀에 축
축하게 젖은 채 몸을 떨고 경련을 일으키면서. 거대한 거
미처럼 두 팔로 다리를 감싸안은 채. 그녀가 머무르도록,
그녀가 그를 데려가도록 애원하면서. 그리고 그녀는 혐오
감과 수치심으로 몸이 굳어진 채 꼼짝 않고 있었다. 그녀
는 온 영혼에 충격을 받고 질겁한 채 그렇게 가만히 서 있
을 뿐이었다. 그것이 그녀가 잠을 두려워하는 이유였다.
깨어날 때마다 가위에 눌리기 때문에.

그녀는 배개를 끌어안고 몸을 전천히 흔들었다. 욕실 안
에서 남자의 소리가 들려왔다. 물소리, 뭔가가 욕조에 부
딪히는 소리. 그는 그녀로부터 이렇게 멀리 떨어져 무엇을
하고 있는 걸까. 어떻게 사람은 그 큰 쾌락을 즐긴 후에 그
렇게 난폭하게 분리되어 살아갈 수 있을까. 어떻게 한 여
자와 결혼하고는 그 여자를 증오할 수 있을까. 죽어 있는
데 어떻게 숨을 쉴 수 있을까. 그녀는 재빨리 일어났다. 지
나치게 빠르게. 그녀는 몸의 움직임을 적절하게 분할하는

법을 잊고 있었다. 그녀는 현기증에 사로잡혔다. 그녀는 조금 기다려야 했다. 침대 가장자리에 앉은 채 긴장이 사그라지기를, 피가 그녀 안에서 좀더 규칙적으로 맥박치기를 기다려야 했다. 그녀는 베개에 머리를 파묻은 채 그렇게 머물러 있었다. 그녀는 곁에서 남자의 몸을 느꼈다. 그녀의 넓적다리에 놓인 그의 넓적다리를, 그녀의 어깨에 놓인 그의 어깨를 느꼈다. 갑자기 왜 이렇게 피곤한 걸까? 그의 파트너였던, 그의 연인이고 그와 대등한 사람이었던 그녀가.

그가 벗은 그녀의 팔 위로 천천히 한 손가락을 움직여갔다. 단지 손가락 하나로. 그녀의 마른 몸에 어떤 자국을 남기듯이.

내가 당신을 처음 만났을 때.

그는 그렇게 말했다. 그러고는 목소리를 가다듬으려는 듯 마른기침을 했다. 그의 목소리는 쉬어 있어서 실제보다 더 나이먹은 것처럼 들렸다. 그녀는 본능적으로 호흡을 멈쳤다. 그가 말을 하려 하고 있었다. 하지만 그녀는 그에게 말하지 말고 조용히 있으라고 부탁할 힘이 없었다. 그녀가 듣고 싶어하지 않는다는 것을 그가 이해하도록 한 손을 들어올릴 힘이 없었다. 그녀가 닮은 모든 것, 그녀가 아닌 모든 것, 사람들이 놀라지 않고 남아 있기 위해 그녀로부터 기대하는 모든 것을 그녀는 듣고 싶지 않았다. 그녀는 그를 향해 얼굴을 돌렸다. 상대방에 대한 이 몰이해에, 건강에 이로운 그 무분별함에 화를 내면서. 그러자 그가 주저했다. 하지만 그는 미소지었다. 그의 섬세한 입술. 너무나 부드러운. 그는 그녀의 목에 걸린 진주와 십자가에 짧게 시선을 던졌다. 그랬다. 진주와 십자가에!

돈과 종교.

사회적 위치와 믿음.

그는 그녀의 눈 속에서 경멸의 빛을 읽었다. 거만한 기다림과 이해받지 못한 사람의 분노. 그는 말 한마디에 뒤이어 터지는 웃음을, 이해의 부족을 깨달았다. 그녀는 떠날 것이다. 그녀는 뒤돌아보지 않고 떠날 것이다. 살아남은 자의 거만함으로, 후회할 시간이 없는, 위험에서 벗어난 사람의 거만함으로.

그래서 그는 다시 한 번 그녀의 벗은 팔을 따라 한 손가락을 천천히 움직였고, 그녀의 어깨에 입을 맞췄다. 굽히고 싶고, 굴복하고 싶고, 그녀를 곁에 붙잡아두고 싶었으므로.

그는 그렇게 머물러 있었다. 그녀의 어깨 위에 이마를 대고, 감은 두 눈을 그녀의 살갗에 댄 채로. 그녀가 그에게 바람소리를 들었냐고 물었다. 당신 이 바람소리가 들리나요, 그녀가 그에게 말했다. 마치 바닷가에 있는 것 같아요. 제방을 향해 다가가는 바다의 소리를, 우리 창밖으로 가라앉아가는 바다 소리를 듣는 것 같아요. 난 이 바람소리를 듣는 게 좋아요. 당신도 그걸 좋아하죠. 방금 전에 난 어떤 여자가 사랑을 나누고 있나 보다 하고 생각했어요. 하지만 그였어요. 바람이었어요.

그는 바람소리를 들었다. 그는 그녀의 목소리를, 그녀 목소리의 울림을 들었다. 너무나 가깝지만 판이하게 다른. 이 여자의 내면을, 메아리를, 깊이를 들었다. 그리고 그녀가 그에게 목이 마르다고 말했을 때, 그는 그녀가 말한 것 이상으로 그녀가 목말라한다는 것을 느꼈다. 그는 그녀의 목이 바싹 말라 있는 것을, 그녀의 입의 진실을 느꼈다. 나 목이 말라요, 나 배가 고파요, 나 졸려요, 나 무서워요. 한 사람의 인생 전체를 포괄하는 말들. 그 말들을 누군가와 나눈다. 그것들을 누군가와 나눈다. 실수하면 어쩌나 하는 염려를 하지 않고……

그는 연보랏빛 양탄자 위에 버려져 있는 포도주 잔을 들어올려 부끄러워하지 않고 침대 시트로 닦고, 거기에 상세르 포도주를 부어 그녀에게 내밀었다. 그녀는 그의 손님, 그의 초대객이었다. 포도주는 뜨뜻미지근했다. 그녀는 그것을 여러 번으로 나누어 천천히 마셨다. 그는 이 즉흥적인 오후에 그녀가 그 잊혀진 알코올을, 호텔 미니바의 알코올을 기쁨 없이 마시는 모습을 바라보았다. 그는 그녀를 바라보았고, 그녀는 그에게 그의 눈 색깔이 어디서 온 거냐고, 그가 어디서 태어났느냐고 물었다. 그녀는 그가 북부에서 태어났기를 바랐다. 그녀는 북부 지방에 대해 잘 몰랐기 때문에. 그녀는 그가 태어난 곳이 앞서가는 지방이기를, 전쟁과 생존의 땅이기를 바랐다. 하지만 그는 그녀에게 자기는 파리에서 태어났다고 대답했다. 바르베스에서. 그의 할아버지도 거기서 태어났다. 그가 태어나고 자란 그곳에서. 그의 할아버지는 로프 배달인이었다. 덕분에 그는 어린아이 시절 프로 레슬링 경기장과 서커스장을 누구보다도 자주 드나들었고, 그 사실에 대해 어린아이다운 커다란 자부심을 갖고 있었다. 그건 그의 할아버지 덕분이었다. 도시 주변 공터에 서커스 천막이 올라가면, 어린아이들은 하늘을 향해 눈을 들어올리고 공중그네 곡예사와 입으로 불을 토해내는 연기자들을 넋을 잃고 바라보곤 했던 것이다.

난 당신이 마음에 들어.

그는 그렇게 말했다. 공중그네 곡예사와 입으로 불을 토해내는 연기자들 이야기를 한 후에. 공중그네 곡예사와 입으로 불을 토해내는 연기자들 덕분에.

난 당신이 마음에 들어.

그녀는 유리창 밖에서 나는 세상의 소리를, 세상의 바람 소리를 듣고 있었다. 그녀는 그 바람이 말하고 있는 것을, 사람들을 기다리고 있는 그것을, 거리의, 상점가의, 섬들의, 그리고 다리 위의 여자들을 알고 있었다. 그러나 그녀는 자신이 알고 있는 모든 것을 그에게 고백할 힘이 없었다. 자신이 얼마나 나이들었고 노련한지 그가 알게 하고 싶지 않았다. 그녀는 지나치게 노련했고, 몸이 야위었음에도 불구하고 너무 무거웠다. 소리내어 외치지만 소리를 잃었고, 향락은 고갈되자마자 너무 멀어져버렸다.

창문을 열어요.

그는 망설였다. 밖에서는 바람이 길과, 나무와, 비와, 보행자들을 지배하고 있었다. 파리는 그 격렬한 움직임 속에서 구부러지고 있었다. 그녀는 머리를 조금 움직여 그를 재촉했다. 그가 그렇게 하도록 격려했다. 그러자 그가 창문을 열었고, 바람이 스스럼없는 이웃처럼 방 안으로 밀려들어왔다. 뭔가 궁금해하는 대담한 태도로.

그는 벌거벗은 채, 바람을 맞으며, 뢱상부르의 장중함을 마주한 채 창가에 그렇게 서 있었다. 그는 알고 있었다. 오! 그 역시 밖에서 그들을 기다리고 있는 모든 것을, 그들이 잊으려고 노력했던 모든 것을, 그들 뒤에 있는 오십년의 삶을, 절반은 죽어버린 인척관계를, 약속들, 유대들, 악착스러운 희망들을, 난간을 붙잡는 방법을 얼마나 잘 알고 있는지. 왜냐하면 사람들이 그렇게 말했기 때문이다. 그들은 말하고 또 반복했다. 적절한 조치를 취해야 한다고, 성장해야 한다고. 언제나 성장해야 한다고, 할 수 있는 한 기수를 양 손에 꼭 쥐고 어떤 구실이 있어도 놓지 말아야 한다고. 믿어야 한다고, 언제나 믿어야 한다고. 그리고 사진 속에서, 추억의 사진 속에서 미소지어야 한다고.

그 또한 그것을 알고 있었다. 그녀는 그와 함께 바깥의 공기를 나눠 마시기 위해 자리에서 일어났다. 하지만 그녀는 그의 등뒤에 찰싹 달라붙었다. 그의 어깨에 머리를 기대고 팔로 그의 허리를 감싸안았다. 그리고 보호받고 있다는 달콤한 환상을 맛보았다.

이렇게 노출되어 있는 이 남자는, 그녀가 뒤에 숨어 있는 이 남자는 무엇을 보고 있을까. '뤽상부르 공원' 너머에는 경관 한 명이 경관 모자를 들고 서 있었다. 경관은 어린아이가 장난감을 만지듯 그것을 만지작거리고 있었다. 그의 머리 위에 빨갛고 파란 자그마한 초소가 있었다. 하늘은 검었다. 사람들이 노트와 보기 좋은 연필을 사고 싶어하는 가을이라고 생각할 수도 있을 터였다. 작은 배의 이물에 서 있는 것처럼 자부심을 느끼며 서 있는 이 남자는 무엇을 느끼고 있을까. 바람에 펄럭이는 빗줄기를 느낄까. 그녀의 젖가슴이 그의 등 피부에 닿아 있었고, 그녀의 속눈썹이 조금 흔들렸다. 그는 자신이 벗고 있다는 것을, 그녀 때문에 등 뒤가 따뜻하다는 것을 느낄까. 당신 손을 내 성기 위에 올려놔요. 그가 말했다. 그걸 당신 두 손으로 쥐어요. 마치 그가 그녀의 생각을 좇아오고 있는 것 같았다. 그가 그녀에게 무엇을 보고 있냐고 물었다. 그러나 그녀는 눈을 감은 채 자신은 언제나 같은 것을 보고 있다고 그에게 말할 수 있을 뿐이었다. 언제나 정신이상과 증오를. 증오, 독으로 인한 상처. 그녀는 눈을 감은 채 자신은 견딜 수 없는 침묵을 듣고 있다고 그에게 말할 수 있을 뿐이었다. 십팔 일 전부터 그녀에게서 멀리 떨어져 있는 아이들로 인한 침묵. 점점 커져서 마침내 전체를 갉아먹는 얼룩처럼 그녀의 삶을 침해하고 있는 그 침묵을.

그녀가 그에게 말했다. 나는 니스의 언덕지대에 있는 내 아버지의 정원을 보고 있어요. 아버지의 정원을 생각할 때마다 난 늘 같은 것을 보죠. 날개를 활짝 펼친 채 날고 있는 새를요. 새는 바다를 향해 날아가버리죠. 언덕을 떠나서 어디론가 가버려요. 고요하게, 천천히, 혼자서, 아무 소리 없이. 마치 그림 속의 새처럼.

그녀는 그의 등을 느꼈다. 그의 거대한 등이 깊은 영감의 무게 아래에서, 내면의 충동으로 인해 들어올려지는 것을 느꼈다. 그가 그녀에게 말했다. 아주 낮은 소리로. 너무 낮아서 그 소리가 들린다는 사실에 그녀가 놀랄 정도였다. 그는 그녀에게 말했다. 내가 당신에게 부탁하려는 것 때문에 떠나지 말아요. 당신이 말해줬으면 하고 내가 바라는 것 때문에 도망가지 말아요. 난 당신이 기억하기를 원하오. 나하고 있었던 일들을 당신이 감히 기억하기를 원하오. 이 남자와 함께해서 좋고 진실하고 아름답고 성실했던 모든 것을.

그녀가 도망가려 했기 때문에, 그리고 그녀가 그러지 않기를 그가 기대하고 있었기 때문에, 그는 그녀보다 신속했고 그녀를 만류했다. 그가 그녀의 팔을 붙잡았다. 그녀는 그의 뒤에 서 있는 죄수였다. 그녀의 심장이 마구 뛰었다. 그녀의 관자놀이에서 맥박이 뛰었다. 그 소리가 방 안에 울려 퍼졌다. 맞은편의 격자창까지 이르렀다. 하지만 그는 힘있게 그녀를 붙들었다. 그 힘은 그 무엇도 그를 포기시킬 수 없다는 것을, 그녀가 해를 입히지 않는 그 방에서 나가지 않을 것임을 의미하고 있었다.

그녀는 팔을 늦추고, 몸의 긴장을 풀었다. 하지만 그는 여전히 그녀를 믿지 못했고 온 의지를 다해, 고집을 다해 그녀를 붙들었다. 그녀를 자기 뒤에 붙잡아두었다. 그녀가 그와 얼굴을 마주하고는 이야기하지 않을 것임을 잘 알고 있었으므로.

그녀는 울기 싫었다. 이 꿋꿋함을, 이 용기를 내던지기 싫었다. 그것들에 의해 그녀는 살아남았고, 그것들에게서 도망쳤었다. 그녀는 자취를 감추고 싶지 않았다. 그녀는 이해했다. 만약 그가 그녀를 단단히 붙든다면, 그것은 단지 그녀의 회피를 막기 위한 것만은 아니고 그녀의 추락을 예고하기 위한 것이라는 사실을.

당신은 내 등을 붙잡고 울 수 있어. 당신은 내 등을 붙잡고 훌쩍이고 신음하고 울부짖을 수 있어. 하지만 당신은 또한 기억해야 해.

그러나 그녀는 침묵했다. 그녀는 울지 않았다. 그녀는 육체 없이, 생명 없이 그의 뒤에 서 있었다. 하지만 그는 그녀의 속눈썹이 자기 피부에 닿아 있는 것조차 느끼지 못했다. 그가 아주 낮은 소리로 말했다. 너무 낮아서 그 소리가 들린다는 사실에 그녀가 놀랄 정도였다. 그가 말했다. 당신이 그를 처음 만났을 때……

하지만 그녀는 광기에 붙들린 남자들과 여자들에 관한 연구사례로 의사들이 보여주는 갈색 네거티브 사진과 같은 방법으로 정신이상이 그를 점점 심하게 덮쳤을 때의 그의 마지막 시선에 대해 생각하고 있었다.

처음에……

하지만 그녀는 자신의 아이들에 대해, 비행기가 목에 '보호자 없는 아이들'이라고 씌어진 작은 표찰을 단 그 아이들을 태우고 이륙했던 것에 대해 생각했다. 그녀는 어디든 그애들과 동행하겠다고 맹세했었다. 만약 그애들이 돌아오지 않는다면, 탑승장 유리창 뒤의 작은 손 신호도 없을 터였다.

처음에……

그녀는 그의 등에 이마를 두드렸다. 사실 그녀는 하얀 시트 아래에 길게 누운 채, 하얀 시트 아래에 몸을 오그린 채 말하고 싶었으리라. 그녀는 손목이 아팠다. 그녀는 발이 시렸다. 그녀는 너무 피곤했다. 그러므로 하얀 시트 아래에 누워 있는 것이 훨씬 더 간단할 터였다. 그녀는 한데에 있는 듯한 기분이 들었다. 벌거벗은 채 한데에서 바람을 맞고 있는 것 같았다. 비를 맞고 있는 것 같았다. 검은 하늘 아래에서. 시내 한복판에서 벌거벗은 채……

처음에……

그녀는 울었고, 울기를 원치 않았다. 그녀는 기억했고, 기억하기를 원치 않았다.

그는 나에게 사랑의 말을 할 때 존댓말을 썼어요. 그는 오직 사랑의 말을 하는 순간에만 나에게 존댓말을 썼어요. 그는 말했어요. 나는 당신을 사랑합니다. 당신은 너무 아름다워요. 당신은 내 마음을 무척이나 흔들어놓습니다. 그건 다른 모든 사람들 위에 있는 느낌과도 같았죠. 진부한 말들, 이미 끝난 모든 사랑 이야기들과 사랑에 빠진 다른 모든 사람들 위에 말이에요. 나는 당신을 사랑합니다. 그건 마치 내가 세상의 모든 여자가 된 것과 같았죠. 나를 가로질러 오직 그 한 사람만을 위한 모든 여자가 된 것과 같았죠.

그가 처음 나에게 준 꽃다발은 너무 엉성했어요. 나는 그 사실이 너무나 좋았죠. 그건 그가 여자에게 꽃을 줘본 적이 없다는 것을, 틀림없이 내가 첫 여자라는 것을 고백 하는 신호였으니까요. 그리고 우리는 결혼했어요. 그는 일 요일마다 나에게 꽃을 사줬죠. 그가 사오는 꽃들은 점점 더 예뻐졌어요. 그는 꽃다발을 직접 만들었어요. 내가 풀 어보지 않은 마지막 꽃다발까지요. 그는 직접 그 꽃들을 화병에 꽂았어요. 꽃들은 시들었고, 그는 그것을 직접 쓰 레기통에 버렸죠.

그는 내가 노래 부르는 것을 좋아했어요. 내가 노래를 부르면…… 왜냐하면 우리 아버지가 나에게 셀 수 없이 많은 노래를 가르쳐줘서 내가 늘 그 노래들을 불렀으니까 요. 그 노래들은 대부분 바보 같았고, 어떤 것들은 뒤죽박 죽인 순박한 시였죠. 그 시들은 선원들에 대해 말하고 있 거나, 물가를 유람하는 이야기 또는 7월 14일(프랑스 혁명 기념일—옮긴이)의 무도회에 대한 이야기를 담고 있었어 요. 하지만 우리가 가장 좋아했던 건 〈작은 행복〉이라는 노래였죠. 그 노래는 내가 수집한 작은 행복이었어요……

결혼 후 처음 몇 해 동안 우리는 돈이 너무 궁했어요. 너무 궁해서 상대방을 놀라게 하고, 상대방을 즐겁게 하고, 만족시켜주고, 치장해주기 위해 필요한 것들을 마련할 수조차 없었죠. 그래서 우리는 선물을, 여행을, 보석을, 결코 제공되지 않는 모든 선물을 직접 만들었어요. 우리는 낮은 목소리로 그것들에 대해 함께 이야기했어요. 음모자의 웃음, 터무니없는 거짓말들과 함께. 우리의 옷장은 우리를 세계일주 여행으로 데려가줄, 수없는 세계일주 여행으로 데려가줄 가벼운 여행가방들로 꽉 차 있었죠.

그 끔찍한 부활절 주일 동안 나는 그와 함께 그의 아버지의 임종을 밤낮으로 지켰어요. 그때 우리는 서로 너무 가까웠고, 그는 아버지가 마지막 숨을 쉴 때까지 아버지 곁을 떠나지 않고 밤낮으로 애썼죠. 그 일을 계기로 나는 우리 아이들을 이 세상에 나오게 한 것에 대해 좀더 많이 생각하게 됐고 그 일로 인해 우리는 사랑과 사랑의 죽음을 넘어서 영원히 결합되었어요.

우리가 함께 있었기 때문에요. 교회에서. 병원에서. 낮선 도시들에서, 호텔에서, 해변에서, 묘지에서, 배에서, 비행기에서, 기차에서. 우리는 배신과 용서를 배웠어요. 찢어지는 듯한 마음의 고통과 화해를. 우리는 꿈을 가졌어요. 우리는 상궤를 벗어나 있었고, 다른 사람들과 달랐어요. 그리고 나는 믿었죠. 우리가 하나의 삶을 만들어냈다고, 하나의 이야기를 만들어냈다고. 하지만 실제로 우리는 만남에 도달하는 것 말고는 아무것도 만들어내지 못했어요. 증오들의 끔찍한 만남이요.

갑자기 비가 한층 더 심하게 퍼부었다. 비는 무서운 속도로 퍼부었고, 도시를 비워버렸다. 빛의 자리를 탈취했고, 여름의 자리를 탈취했다. 파리의 심장부에는 비 말고는 더 이상 아무것도 없었다. 승리자의 오만함에 동반하는 북이 울리는 듯한 요란한 소리뿐이었다.

그는 창문을 닫고 그녀 쪽으로 몸을 돌렸다. 그는 젖어 있었고, 얼굴엔 물보라가 잔뜩 묻어 있었다. 그는 마치 여행에서 막 돌아온 사람처럼 보였다. 그의 눈 속에는 그녀가 모르는 어떤 풍경들이 담겨 있었다. 그는 하얀 시트로 자신의 얼굴과 상반신을 닦았다. 구겨진 시트는 사랑과 포도주로 더러워져 있었다. 이 시트는 그들과 함께 살았고, 그리고 아무것도 기억하지 못할 터였다. 곧 그들은 열쇠를 반납할 것이다. 일시적인 문만 열 수 있는 그 열쇠를. 그들은 일시적인 포옹을 나눴고, 그 열쇠는 이제 미국에서 온 여행자들에게 파리의 밤을 제공할 터였다.

그녀는 그에게 묻지도 않고 그의 파란 셔츠를 입었다. 하지만 진주 단추들은 채우지 않았다. 그녀는 이 방이 그들에게 좀더 사적인 것이 되도록 하기 위해, 그들 한 쌍이 좀 덜 상투적인 한 쌍이 되도록 하기 위해 그의 셔츠를 입었다. 아마도 그녀는 그에게 차를 한 잔 만들어주고 싶었을 것이다. 그녀는 그에게 설탕을 넣느냐고 묻고 싶었을 것이다. 그에게 찻잔을 건네고, 담배에 불을 붙여주고, 그와 함께 부드러운 일상으로 짜인 평범한 한순간을 공유하고 싶었을 것이다.

그가 자리에 누웠다. 잠을 자기 위해 자리에 누웠다. 그녀가 그의 셔츠를 입었다는 사실에 안심하여, 아마도 그러므로 그녀는 떠나지 않을 거라고 확신하면서. 그는 베개를 머리 아래에 잘 고정시켰고, 한쪽 팔을 몸 아래에 받쳤다. 그녀는 그에게 고독이 필요하다고 생각했다. 그가 다른 쪽 팔을 그녀에게 내밀었다. 마치 왈츠에 초대하듯 손을 벌려서. 그녀는 조금 망설였다. 그녀를 향해 뻗은 그의 팔은 아름다웠고, 그 제스처는 말보다 더 친밀하게 그녀를 초대하는 듯했다. 그는 그녀가 이것을, 신성한 이 행위를, 꿈의 보석상자를 그와 함께 공유하기를 원하는 걸까? 그는 그녀가 그의 잠을 함께 나누기를 원하는 걸까?

그의 팔이 만들어낸 그 찬란한 충동이 없었다면, 그녀는 거절했을 것이다. 그녀가 거절할 거라고 그가 말했다면. 그가 머리를 조금 움직이고 눈썹을 움찔했다면, 그녀는 거절했을 것이다. 하지만 그는 팔을 뻗고, 유연한 손을 내밀었을 뿐이다. 그녀는 자신이 한 마리 새처럼 느껴졌다. 가벼운 깃털을 가진 새. 그 손은 그녀를 건드리지 않은 채 그녀 위에 놓여 있었다. 그 손은 그 사실을 알지 못한 채 그녀를 붙들고 있었다.

이런 정중함이 없었다면, 그의 손의 그런 신중함이 없었다면, 그녀는 잠에 대한 두려움 때문에, 잠에서 깨어나는 공포 때문에 거절했을 것이다. 하지만 그녀는 감히 결정했다. 눈을 감고 자신의 강박관념을 향해 되는 대로 흘러가기로 결정했다. 그녀의 밤의 악마들을 다시 만나고, 정해진 맥락 위를 걷고, 대양을 건너기로 결정했다.

그녀는 파란 셔츠를 벗지 않았다. 그녀는 그를 다시 만났다는, 그를 다시 만나기 위해 멀리서 왔다는 너무나 감동적인 기분을 느끼며 그의 곁으로 미끄러져 들어갔다. 그 없이 보내는, 작업의 소음이 들리는 낮시간으로부터 이곳에 왔다는, 견딜 만하지 않았던, 참아낼 수 없었던 낮시간을 지나 이곳에 왔다는 느낌이 들었다. 이 잠의 약속을 공유하기 위해.

그녀는 그의 곁으로 미끄러져 들어가 그와 밀착되는 곳에 즉시 자기 자리를 찾아냈다. 마치 그들의 육체가 어떻게 존재하고, 어떻게 서로에게 밀착하여 유숙해야 하는지 오래 전부터 알고 있었던 것처럼. 고요하고 긴 휴식의 시간과 밤의 깊은 친밀감을 위해, 열기 속에서, 향기 속에서, 상대방의 육체가 내는 소음 속에서 자리잡는 법을 알고 있었던 것처럼. 수치심 없이, 화장도 하지 않고, 예의범절의 구속 없이 밤의 무구함 속에 버려진 어린아이 같은 육체.

그녀는 그의 곁으로 미끄러져 들어갔다. 그는 눈을 감고 있었고, 얼굴은 뒤쪽으로 가볍게 흔들리고 있었다. 쾌락 속에 있을 때보다 더 젊고, 더 진정되어 보였다. 그는 아무것도 찾고 있지 않았고, 아무 데로도 가고 있지 않았다. 오히려 그 반대로 안정감 있게 자리를 잡고 있었다. 부동성과 중성적인 부드러움 속에. 방은 초록색과 술장식의 색깔을 잃어버렸다. 방은 그들의 휴식과 조화를 이루고 있었다. 그녀는 받아들일 수 있을 것 같았다. 피아노의 노랫소리와 친근한 동물의 소리를. 그녀는 그들의 추억을 담고 있는 사진을 내걸 수 있을 것 같았다. 지금 그녀는 조금은 그것들에 속해 있었다. 그들이 더 이상 아무것도 하고 있지 않은 지금.

그는 눈을 감고 있었고, 얼굴은 뒤쪽으로 가볍게 흔들리고 있었다. 하지만 자고 있지는 않았다. 그가 그녀에게 수줍은 목소리로 말했다. 마치 생전 처음으로 그녀에게 도달한 것 같다고. 그는 그녀에게 물었다. 그녀의 머리카락을 만져도 되느냐고. 그녀는 네, 하고 말했다. 그녀는 네, 하고 말했다. 당신은 원하는 모든 걸 할 수 있어요. 그러자 그가 한 손에 그녀의 머리카락을 조금 쥐었다. 쓰다듬거나 잡아당기지 않고, 그냥 손가락으로 가볍게 구기기만 했다. 천천히, 리듬을 타면서, 강박적으로. 실크에서 나는 듯한 작은 소리가 났고, 그의 숨결이 그 제스처와 조화를 이루었다. 그의 숨결은 규칙적이고 깊었다. 그는 울음을 멈춘 어린아이처럼 숨을 쉬었다. 그들은 그렇게 평정 속에, 부동의 여행 속에 머물렀다. 그리고 그녀는 그것에 대해 생각하지 않고 그것을 원하지도 않은 채 한 손을 그의 뺨 가까이 가져가 집게손가락으로 그의 귀 가장자리를 만지작거렸다. 아주 작은 움직임이었다. 몇 밀리미터 정도의 애무였다. 그녀의 손가락이 끊임없이 왔다갔다했다. 그의 귀를 만지며 왔다갔다했다. 그녀는 그 순간 그가 바위가 구르는 듯한 맹렬한 소음을 듣고 있다는 것을 알지 못했다. 그녀는 알지 못했다. 그녀가 그에게 바닷소리를 들려주고 있다는 것을.

그녀는 알지 못했다. 왜냐하면 그녀는 이 제스처가 고요하고, 아주 미세하다고, 아주 작은 움직임이라고 생각했기 때문이다. 그녀는 매일 밤 잠들기 위해 손가락으로 베개를 만지작거리곤 했다. 하지만 그녀는 알지 못했다. 그녀가 그 괴벽을 잊고 있었으므로. 지금까지 결코 억제하지 못했고, 결코 반복하지 못했으므로.

그녀는 눈을 감았다. 그들이 잠을 자고 있었으므로. 그들의 손가락이 아직 살아 움직이고 있었으므로. 그들의 손이 불침번을 서고 있었으므로.
그들은 결백했으므로.

그리고 그는 그녀의 몸에 기댄 채 비를 느꼈다.

그는 비를 느꼈다. 왜냐하면 그는 유순하고 개방된 대지와 같았으므로. 그는 대기와 바람으로, 시간과 시간의 신비로움으로 만들어진 존재였으므로. 그녀는 그의 육체의 풍요로움이, 그의 육체가 행한 기이한 태도가 그가 받아들였던 모든 것, 그와 충돌하지는 않았으되 그에게 퍼부어졌던 모든 것 때문에 일어났다는 사실을 이해했다. 그에게 침투했던 모든 것 때문에 일어났다는 사실을.

그녀는 눈을 감았고, 결심했다. 그 악마들을 쫓아내겠다고, 그에게서 풍기는 비의 향기를 따라가겠다고, 비를 맞으며 다시 걷겠다고. 생 쉴피스 광장에서 뤽상부르까지, 뤽상부르에서 호텔까지, 호텔에서 이 방의 열린 창문 앞까지.

보나파르트 가에 내리는 비, 그리고 '라 프로퀴르' 식당 앞에 서 있는 노동자들.

모래 냄새와 녹 냄새 속에 파묻힌 철제 의자 위에 내리는 비.

돌로 만든 조각상들 위에, 껍데기가 벗겨진 벤치 위에, 말없는 경관들 위에, 파리의 약속들 위에 내리는 비. 비에도 불구하고 지켜진 8월 18일의 모든 약속들. 실망한, 놀란, 당황한 남자들과 여자들. 사랑에 대한 필요와 사랑에 대한 요구, 사랑에 대한 공포 때문에 고통받고 굶주린 남자들과 여자들. 이런 고통은 결코 더는 없어야 할 것이다. 맹세컨대 나는 결코 다시는 날개를 불에 데지 않을 것이고, 심장을 찧지 않을 것이다. 다시는. 사실 고통받는 것은 심각한 일이 아니다. 모든 사람들이 고통을 받으니까. 끊임없이 반복되고 혼이 나는 시구詩句들처럼. 고통받는 것은 그리 심각한 문제가 아니다. 잠자는 것은 심각한 문제가 아니다. 사람은 잠을 자고 먹어야 한다. 보호자 없는 아이들, 제물로 바쳐진 그 죄 없는 아이들을 태운 비행기가 돌아오기를 기다리며 살아야 한다. 그것은 심각한 문제가 아니다. 십자기 위의 인간, 미친 예언자, 폭동을 일으키는 걸인이 십자가에 못 박혀 자기 아버지의 사랑이 결핍된 백성들에 대한 사랑을 울부짖는 한. 예언자의 예언을, 배우자의 약속을, 아이들에 대한 맹세를 잊어버리는 것은 그리 심각한 일은 아니다. 고통받는 것은 심각한 문제가 아니다. 모든 사람들이 고통받으니까.

모든 사람들이 고통을 받는다.

그리고 그녀 역시. 다른 사람들처럼. 그녀 역시 어느 날 자신이 했던 약속을 깨뜨려버렸다. 그녀 역시 그 수많은 밤을 통해 그녀를 알아온 남자에게 말했었다. 그녀를 선택했던, 그녀를 필요로 했던, 그녀와 결혼했던 남자. 그리고 여자들 중에서 그녀를 엄마로 만들어준 남자. 그 남자에게 결정적인 말을, 불행의 말을, 사랑이 아닌 말을 했다. 그에게 말했다. 모든 것이 끝났다고.

그리고 그 말들은 그녀가 결혼했던 남자를 활활 불태웠다. 그 말들은 병과 망상증을 폭발시켰다. 공수병에 걸린 개처럼 날뛰게 만들었다. 모든 것이 끝났어, 모든 것이 끝났어, 모든 것이 끝났어, 모든 것이 끝났어, 모든 것이 끝났어. 그리고 그녀의 삶 속에 지옥이 솟아올랐다. 지옥이 솟아올라 지옥 특유의 공허함과 절망을 드러내었다. 지옥불에 의해 그녀는 각성되었고, 발밑의 잉걸불 때문에 이리저리 날뛰었다. 한쪽 팔에 아이 하나씩을 안고 뛰었다. 다른 곳을 향해, 미지를 향해, 구원을 향해 뛰었다.

남자의 호흡은 여유가 있었고, 그의 육체의 기이한 태도와 조화를 이루고 있었다. 그는 광대했다. 그리고 충만했다. 위로를 받아 가라앉아 있었다.

그의 손가락이 그녀의 머리카락을 놓아주었다.

이제 더 이상 비는 퍼붓지 않았다. 더 이상 길 위를 구르지 않았다. 그녀는 왔다. 수줍고, 신중하게. 하늘은 고갈되어 있고 나무들은 무거워 보였다. 보도 가장자리에는 퍼부은 비 때문에 작은 도랑이 생겼고, 물웅덩이는 탁했다. 모든 것이 제자리에 있는 듯 보였고 마침내 해가 기울고 있었다.

지금 그녀는 남지에게 안겨 누워 있다. 눈을 감고, 얼굴은 가볍게 뒤로 흔들면서, 남자는 자고 있다. 그는 평화로워 보인다. 그는 그녀의 육체 속에, 그녀의 육체 위에 흔적을 남겼다. 새로운 입맞춤과 새로운 땀냄새를. 그녀는 아마도 때가 왔나 보다 하고 중얼거린다.

그녀는 그의 배 위에 머리를 올려놓았다. 부드럽고 축축한 그의 몸, 그의 기쁨을 느끼기 위해. 그의 배꼽과 그의 늘어진 성기를 느끼기 위해. 그녀는 그의 파란 눈을 덮고 있는 눈꺼풀에 입을 맞췄다. 그녀는 입을 반쯤 벌린 채 미소를 지었다. 그녀의 목구멍에서 가르랑거리는 소리가 가볍게 새어나왔다. 삶을 위해, 희망을 위해 투쟁해온 남자의 목과 강인한 어깨. 그녀는 사랑과 포도주에 젖은 주름진 하얀 시트 밖으로 빠져나왔다. 그녀는 파란 셔츠를 벗었다. 그녀는 여름날의 우연한 약속으로부터 자신의 옷가지와 구두를 챙겨들었고, 하루가 끝나가는 시간에 그것들을 다시 입었다. 그녀는 무한한 조심성을 발휘하여 호수가 잊혀진 호텔 방 문을 열었고, 밖으로 나갔다.

그녀는 살 것이다.

이 순간을 살 것이다.

용서의 시간을.

사랑, 그 상처와 진실, 거기에 담긴 인생의 무게

여름날, 비가 흩뿌리는 파리의 도심에서 한 여자와 한 남자가 만난다. 여자는 남자에 대해 별다른 생각이 없는 듯하고, 남자는 여자가 창백하고 많이 야윈 것에 대해 걱정한다. 주문을 받으러 온 카페 웨이터의 입을 통해 여자와 남자의 관계가 드러난다. 남편. 정확히 말하면 남자는 여자의 전 남편이다. 여자와 남자는 결혼한 사이였고, 오년 전에 헤어졌다. 어색한 분위기를 깨뜨리기 위해 여자는 남자에게 공원으로의 산책을 제안한다. 비가 내리고 있는 탓에 정원 안에는 사람이 별로 없다. 테니스 코트는 비어 있고 회전목마도 멈춘 상태이다. 하이힐을 신은 여자의 발걸음이 위태위태하다. 어색한 침묵이 계속되고, 남자는 시가를 피워문다. 여자는 마치 처음인 듯 남자의 파란 눈을 들여다보고, 그들은 우발적인 입맞춤을 나눈다. 그리고 남자는 여자를 근처의 호텔로 데려간다.

그들은 호텔에서 조심스럽게 정사를 나눈다. 이들이 나누는 정사에 대한 묘사가 이 작품의 거의 대부분의 분량을 차지하고 있다. 이들은 이미 중년의 나이이고, 정사는 활활 타오르는 정열적인 것이라기보다는 그들이 겪어온 시간과 사연의 무게만큼이나 처연하고 슬프다. 작가는 정사에 관한 묘사 사이사이에 그들 사이를 벽처럼 가로막고 있는 상처를 아주 조금씩, 띄엄띄엄 이야기한다. 그들은 젊은 시절에 만나 사랑 하나로 결혼한 부부였다. 남자는 여자에게 꽃다발을 선물했고, 여자는 아버지에게 배운 노래를 즐겁게 흥얼거렸다. 가난했지만 행복했고, 언젠가 함께 떠날 세계일주 여행을 꿈꾸었다. 그들은 그렇게 젊고 아름다웠다. 그러나 남자가 어느 날 심각한 정신이상을 일으켰고, 여자는 아이들을 보호하기 위해 그와의 이혼을 선택했다. 그리고 각자 다른 사람과 재혼을 했다. 남자의 결혼생활이 어떤지는 짐작할 수 없지만 여자는 몇 주 전 아이들을 비행기에 태워 아버지 집으로 보낸 뒤 외롭고 힘들어하는 것으로 보아 현재 남편과의 사이에도 위기를 맞고 있는 듯하다.

이들은 서로에게 자신을, 자신의 몸을 제공하면서 인생의 상처에서, 속박에서 점차 해방되며, 생기로 가득했던 젊은 시절의 느낌을 되찾는다. 여자는 남자에 대한 끔찍한 기억을 갖고 있지만, 그와 몸을 섞으면서, 그의 신비로운 파란 눈을 들여다보면서 그가 아름답다고 생각한다. 그리고 마침내 그의 존재를 받아들이고, 용서하기에 이른다.

파리의 어느 여름날 오후 동안 일어나는 이야기를 다룬 이 소설은 본격적인 성인 남녀의 사랑을 묘사하고 있다. 작가 베로니크 올미는 우리나라에는 잘 알려져 있지 않지만 프랑스 및 유럽에서는 수많은 상을 수상하고 실력을 인정받은 희곡작가이자 소설가이며, 직접 연극 배우로 활동하기도 했다. 그녀는 이 소설 속에서 인생의 달콤함과 씁쓸함을 함께 겪었던 한 중년 남녀의 사랑을 미사여구도 과장도 없이 매우 현실적으로 묘사하고 있다. 풋풋하거나 유쾌하지 않지만 진실하고 절박하고, 과장도 숨김도 없는 사랑 이야기. 그렇기 때문에 처연한 아름다움이 느껴지는 사랑 이야기. 우리가 조금은 알고 있듯, 남녀간의 사랑은 기쁨만이 아니라 상처와 슬픔, 충격과 괴로움까지 포함하고 있다. 소설 속의 두 남녀는 그럼에도 서로에 대한 사랑과 욕망을 간직하고 있고, 그것을 서로에게 표현하고 베풂으로써 마침내 포용과 용서에 다다른다.

두 남녀의 정사에 관한 치밀한 묘사가 주를 이루고, 그들 사이의 관계나 사건에 관한 이야기는 예기치 않은 순간에 툭툭 튀어나오는 이 독특한 소설을 읽어내는 일은 그리 수월하지 않았다. 어찌 보면 매우 외설적기도 한 이 소설을 다 번역해낸 지금, 이들의 육체적 행위에 대한 기억보다는 그들의 상처와 진실, 인생의 무게 때문에 가슴이 먹먹해온다.

2006년 5월
최정수